아오이가든

편혜영 소설집
아오이가든

초판 1쇄 발행 2005년 7월 29일
초판 14쇄 발행 2021년 8월 10일
재판 1쇄 발행 2023년 3월 27일

지은이 편혜영
펴낸이 이광호
주간 이근혜
편집 김필균 이주이 허단 방원경 윤소진 유하은
마케팅 이가은 허황 맹정현
제작 강병석
펴낸곳 ㈜문학과지성사
등록번호 제1993-000098호
주소 04034 서울 마포구 잔다리로7길 18(서교동 377-20)
전화 02) 338-7224
팩스 02) 323-4180(편집) / 02) 338-7221(영업)
대표메일 moonji@moonji.com
홈페이지 www.moonji.com

ⓒ 편혜영, 2023. Printed in Seoul, Korea
ISBN 978-89-320-4143-8 03810

아오이가든

편혜영 소설집

문학과지성사

차례

안녕, 시체들

저수지

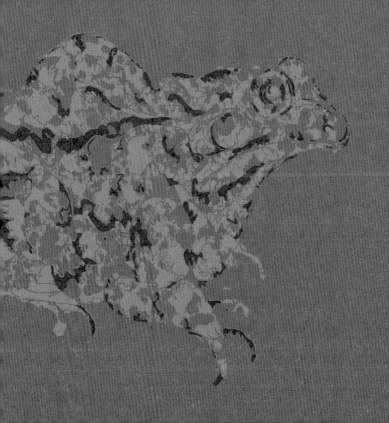

여학생의 옷이 발견된 곳은 저수지 뒤쪽의 숲이었다. 밤을 줍던 시민이 옷을 찾아냈다. 시민은 며칠 전 사거리에 걸린 플래카드에서 그 옷을 봤다. 수색을 위해 경찰 중대가 동원되었다. 수색대는 인근 숲을 뒤졌다. 여학생의 유류품, 그러니까 아직 발견되지 않은 가방이나 옷가지, 소지품 등을 찾기 위해서였다. 무엇보다 시체를 찾아야 했다. 경찰 내부에서는 아무래도 여학생이 죽었으리라는 얘기가 나왔다. 주민들은 밤이면 통행을 삼갔다. 오랜 실종 끝에 시체로 발견되는 경우가 많았다. 흔적을 찾을 수 없어 영구히 실종 상태로 남은 사람은 더 많았다.

그들은 홀연히 사라졌다. 버스에서 내린 후, 조깅을 하러 나갔다가, 집으로 오는 길목에서 사라졌다. 마지막 행적이 밝혀진 장소는 각기 달랐다. 딱히 어느 지역을 조심해야 한다는 충고도 소용없었다. 실종자 신고는 점점 늘어났다. 한 달 새 범죄 의심 실종자가 다섯 명이나 발생했다. 그중 두 명은 얼마 지나지 않아 시체로 발견되었다. 세 명은 생활반응이 전혀 나타나지 않았다. 동일인에 의한 범죄라는 의혹이 있었다. 증거가 없고 지리적 연관성이 미미한 지역에서 한두 점의 옷가지만 발견됐다는 점 때문이었다. 실종자의 성별 비율은 여성이 약간 높았다. 평균 연령은 32.7세였다. 경찰이 밝혀낸 것은 그게 다였다.

숲에서는 뼈만 남은 개의 사체, 얼어 죽은 고양이 몇 마리, 빈 본드 통, 가스가 남아 있는 부탄가스와 다량의 쓰레기가 발견되었다. 야생성 강한 개 몇 마리가 수색대원을 괴롭혔다. 개들은 오랫동안 숲에서 지낸 듯했다. 끈적거리는 침을 흘리며 으르렁거리기만 할 뿐 달려들지는 않다가 대치하는 시간이 길어지자 개 한 마리가 뒤에 처진 수색대원의 종아리를 물었다. 개는 언뜻 늑대와 닮아 보였다. 귀가 빳빳하게 서고 치켜 올라간 눈초리에 꼬리는 축 늘어져 있었다.

한 대원이 낙엽으로 덮여 있던 낡은 여자 속옷을 찾아냈다. 오래전 버려졌는지 더러운 데다 닳아서 찢겨 있었다. 속옷을 찾아낸 대원은 모두의 부러움을 샀다. 범인 검거에 결정적인 증거를 찾아낸 대원에게는 포상 휴가를 준다는 얘기가 있었다.

속옷은 여학생의 것이 아니었다. 여학생의 유전자와 일치할 확률은 1퍼센트 이하로 나타났다. 수색이 끝난 며칠 후 검사 결과가 나왔다. 대원들은 아무도 포상 휴가를 떠나지 못했다.

숲에서 찾아낸 물건들은 저수지 근처에 땅을 파고 불태웠다. 막대기로 불길을 들쑤실 때마다 밤하늘에 불꽃이 날았다. 불 속에는 아직 숨이 붙어 있는 고양이도 있었다. 기력을 잃어가던 고양이는 몸에 불이 옮겨붙자 황급히 저수지로 뛰어들었다.

매캐한 연기를 피해 고개를 돌리고 있던 소각 담당 대원은 저수지 한가운데서 기다란 생물체가 튀어나오는 걸 봤다. 길쭉한 것이 구렁이처럼 보였지만 워낙 두꺼워서 기린의 목처럼 보이기도 했다. 대원이 보기에 고양이는 스스로 저수지에 뛰어든 것이 아니라 괴생물체에 의해 저수지로 끌려간 것이었다.

구렁이가 저수지에 살아? 한 대원이 물었다. 동료들은 실실 웃으며 엄청 무서웠겠네? 하고 대원을 놀렸다. 대원은 잔물결도 없이 시커멓고 잔잔한 저수지 쪽으로 시선을 돌렸다. 안개가 짙어서, 연기에 눈이 시어서 잘못 보았다 여기기로 했다. 실제 벌어진 일이라고 해도 현실감 없는 거대 생명체가 채 간 것은 불이 붙은 고양이였다. 누구도 고양이에게 관심을 갖지 않았다. 소각이 끝난 후 불타고 남은 잔해는 어차피 저수지에 버릴 생각이었다. 고양이는 조금 일찍 버려진 것에 지나지 않았다.

드디어 나타났어.
첫째가 말했다. 말을 할 때마다 유리창에 김이 서렸다.
뭐가?
셋째가 물었다.
괴물.
힘들게 숨을 내쉬며 둘째가 대답했다. 둘째의 숨에서는 지독한 냄새가 났다. 둘째는 태어날 때 눈물을 흘리는 대신 냄새 나는 침을 흘리며 울었다. 첫째는 그 냄새를 아직도 똑똑히 기억했다.

셋째가 한심하다는 듯 손가락으로 욕을 했다. 첫째가 셋째의 머리통을 때렸다. 셋째는 소리를 지르는 대신 숨을 깊게 들이마셨다. 둘째가 얻어맞는 셋째를 보며 가쁘게 숨을 내쉬었다. 뼈가 심장을 찌르는 듯했다. 곧 있으면 피가 터져 얼굴이 붉어지고 땀구멍으로 더러운 피가 배어날 것 이다.

첫째는 둘째에게서 고개를 돌렸다. 둘째가 아무리 고통 을 호소해도 더는 줄 약이 없었다. 엄마가 남기고 간 약은 전부 먹어버렸다. 머리카락이 자꾸 빠지는 셋째도 둘째의 약을 먹었고, 첫째도 화상 입은 손이 쓰라릴 때마다 그 약 을 먹었다. 약을 먹으면 침이 썼다.

첫째는 의자에서 내려서다가 셋째가 밀어서 넘어질 뻔 했다. 넘어졌다면 의자에 머리를 부딪혔을지도 모른다. 그 러면 피를 줄줄 흘렸을 것이다. 둘째처럼 냄새 나는 숨을 쉬게 될 수도 있었다. 첫째는 발을 동동 구르며 셋째에게 화를 냈다.

지겹다, 지겨워. 내가 너 때문에 정말 못 살겠다.

셋째는 보란 듯이 첫째에게 침을 뱉었다. 첫째는 더는 참지 않았다. 두 손으로 셋째의 머리통을 꼭 쥐고 그대로 벽에 가져다가 박았다. 나무 벽이 흔들렸다. 소리가 너무 커서 첫째는 깜짝 놀랐다. 바깥에 인기척이 없는지 살폈 다. 다행히 아무런 소리도 들려오지 않았다. 엄마는 늘 사 람을 조심하라고 일렀다. 그들은 도와준답시고 아이들을 보호시설로 보내버렸다. 거기서는 한쪽 발을 절뚝거리며 구걸을 하게 시킨다. 하반신에 검은 고무를 끼고 번잡한 거리를 엉덩이로 기어 다니게 한다. 칼을 들고 후미진 길에 서서 어린아이들을 위협하게 시킨다.

첫째는 아직 화가 풀리지 않아 셋째를 바닥에 눕히고 등을 밟았다. 셋째가 울며 비명을 질렀다. 소리는 나오지 않았다. 입 모양으로 비명이 전해졌다. 첫째는 화상 입은 주먹을 셋째에게 들어 보였다. 당장 울음을 그치라는 경고였다. 셋째는 몸을 버둥대며 소리 없이 시끄럽게 울었다.

첫째의 화상 흉터는 점점 자랐다. 물이 끓던 주전자가 넘어지면서 손을 데었다. 물집이 바둑알처럼 부풀었는데, 그때마다 셋째가 터뜨렸다. 쓰라리고 가려우면 참지 않고 긁었다. 긁은 부위가 발갛게 부어오르며 다시 물집이 생겼고 그러면 또 셋째가 터뜨렸다. 물집이 생겼다가 터질 때마다 손은 썩은 나무처럼 시커메지더니 마침내 손가락을 펼 수 없게 되었다. 그 후 첫째는 다른 무엇보다 손가락으로 하는 욕을 참지 못했다.

둘째는 창살로 가로막힌 유리창에 얼굴을 대고 바깥을 내다봤다. 늘 벌어지는 두 사람의 싸움에는 관심이 없었다. 유리에 눌려 얼굴이 일그러졌다. 볼이 얼얼했다. 서늘

한 기운이 심장에 닿았다. 심장을 드나드는 피가 얼어붙는 듯했다. 혓바닥으로 창에 낀 성에를 핥았다. 성에가 조금 지워지면서 저수지가 모습을 드러냈다.

숲을 수색하는 사람들은 전부 사라졌다. 그들은 동시에 나타났다 한꺼번에 떠났다. 똑같은 옷에 똑같은 머리 모양을 하고 일렬로 서서 어두운 숲속으로 걸어 들어갔다. 어두워지자 일제히 숲에서 빠져나와 시무룩한 표정으로 십여 대의 차량에 나눠 타고 가버렸다. 몇 명이 남아 저수지 근처에 땅을 파더니 불을 피웠다. 노린내가 풍겼다. 둘째는 냄새를 맡지 않으려고 코를 싸쥐었다. 괴물 역시 살 타는 냄새를 참기 어려웠는지 갑자기 모습을 드러냈다. 괴물은 불에 타고 있는 고양이를 저수지 안으로 채 갔다.

첫째는 셋째를 두꺼운 이불 아래 묻었다. 바깥으로 소리가 새어 나갈까 봐 그러는 것이지만 괜한 걱정이었다. 셋째는 소리를 내지 못했다. 이불에서는 시큼한 땀 냄새와 곰팡이 냄새가 뒤섞여 풍겼다. 셋째는 이불 아래서 미동 없이 누워 있었다. 그제야 첫째는 화가 풀려서 셋째를 꺼내줬다.

저수지에 괴물이 있다는 걸 둘째는 진작부터 알고 있었다. 괴물은 뼈가 겉으로 드러나고 온몸에 가시가 돋친 물고기 형상으로 보이기도 했고, 날카로운 이빨을 가진 늑대의 모습으로 보이기도 했다. 안개에 묻혀 긴 꼬리만 보일 때도 있었고, 늑대가 내는 것 같기도 하고 들개가 내는 것 같기도 한 소리로만 들릴 때도 있었다. 사람들은 형상이 불분명한 괴물을 찾기 위해 숲으로 몰려왔을 것이다. 괴물은 오래된 나무의 모습으로 숲에 숨어 있다가 한밤이 되어야 저수지로 돌아갈 것이다.

엄마가 도시로 떠나던 날, 처음으로 괴물이 모습을 드러냈다.

회사가 너무 멀단다.

손거울을 보며 엄마가 말했다. 거울 속의 엄마는 미간을 잔뜩 찌푸리고 있었다. 집은 도시에서 먼 숲속에 있었다. 집 근처에는 울창한 나무와 물이 탁한 저수지뿐이었다.

여기서 돈을 벌 수는 없나요?

첫째가 물었다.

그러려면 나무를 베야 해.

구두를 신으며 엄마가 말했다. 구두는 뒤축이 눈에 띄게 닳아 있었다. 기울어진 굽으로는 넓은 도시에서 오래 버티지 못할 듯했다. 엄마는 곧 구두 뒤축처럼 몸이 기울 것이다.

우리가 벨게요.

둘째가 말했다.

엄마가 크게 웃음을 터뜨렸다.

우리도 함께 도시로 가요.

첫째가 말했다.

모두 도시로 가려면 돈이 있어야 하고 돈을 벌려면 도시로 가야 한단다.

머플러를 두르며 엄마가 말했다. 머플러는 올이 풀린 끝부분이 너덜거렸다. 초가을이지만 벌써 바람이 찼다.

엄마를 이해할 수 있겠니?

엄마가 첫째와 둘째를 번갈아 보며 말했다.

같은 생각을 하는 게 이해라면 첫째는 엄마를 이해했다. 첫째도 돈을 벌러 도시로 가고 싶었다. 하지만 모두 함께 가고 싶다는 점에서 혼자 가려는 엄마를 이해하지 못했다. 둘째는 더러운 숨만 쉬며 잠자코 있었다. 셋째는 엄마의 가방을 열어보려고 애썼다. 중앙에 잠금장치가 있어 가방이 열리지 않았다. 엄마 혼자 들기에는 무거워 보였다.

당분간 너희끼리 숨바꼭질 놀이를 하는 거야. 엄마가 돈을 벌어 올 때까지 꼭꼭 숨어 있으면 돼. 다른 사람한테 들키면 엄마가 감옥에 가게 된단다. 그러면 너희들은 어떻게 되겠니.

엄마가 무서운 표정으로 물었다.

보호소에 가요.

그렇지.

엄마가 대답했다. 엄마는 구두를 신고 머플러를 한 채로 보호시설에 가면 당하는 일들을 얘기해줬다.

셋째는 입에 고인 침을 뱉었다.

지겹다, 지겨워. 내가 너 때문에 정말 못 살겠다.

엄마가 구두 바닥으로 셋째가 뱉은 침을 문질렀다. 셋째가 우는 표정을 지었다. 엄마는 언짢은 듯이 셋째를 쳐다봤다. 첫째가 셋째의 몸을 끌어안았다. 우는 소리를 내지 못하게 된 후 셋째는 대신 발을 크게 구르곤 했다.

이제부터는 네가 엄마고 아빠다. 엄마가 돈 벌어 올 때까지, 우리 모두 도시에서 함께 살 때까지. 알았지? 동생을 잘 돌봐야 해.

엄마가 첫째의 머리를 잠시 쓰다듬고 장갑을 꼈다. 머플러를 다시 한번 단단히 동여매고 무거워 보이는 가방을 들었다. 엄마의 몸이 휘청이는 듯했다.

문밖에는 검은 차 한 대가 세워져 있었다. 엄마가 타고 갈 차였다. 엄마는 잠시 첫째를 쳐다보았지만 아무 말도 하지 않았다. 곧 문이 닫히고 자물쇠를 채우는 소리가 들렸다. 엄마의 구두 소리가 났고 곧이어 차가 떠나는 소리가 들렸다. 셋째는 유리창으로 검은 차의 꽁무니를 보았다. 차는 붉은 불빛을 저수지에 남기고 이내 사라졌다.

괴물이 나타난 것은 그때였다. 저수지 한가운데서 갑자기 솟아오르더니 유리창 가까이 다가왔다. 집은 순식간에 한밤중처럼 어두워졌다. 괴물이 붉은 혓바닥을 내밀어 유리창을 핥았다. 창이 붉게 물들었다. 괴물의 커다란 눈에서 시커먼 진흙이 뚝뚝 떨어졌다. 둘째는 창 너머로 손을 뻗어 괴물을 쓰다듬었다. 그 후 둘째의 몸은 괴물처럼 썩어 들어갔다.

괴물이 사라진 후 셋째는 과자를 전부 찾아냈다. 엄마가 여기저기 숨겨둔 과자였다. 한 번에 다 찾아서 먹어버리면 안 되기 때문에 엄마는 쥐똥이 새까맣게 쌓여 있는 텔레비전 뒤, 두꺼운 이불 아래, 높은 장롱 위에 과자를 숨겼다. 셋째는 계속 과자를 먹었다. 안에 초콜릿이 든 과자를 골라 먹다가 나중에는 초콜릿만 발라 먹었다. 남은 건 쥐에게 던져줬다. 셋째가 버린 과자 부스러기를 받아먹으려고 쥐들이 수시로 나타났다.

아유. 지겹다, 지겨워. 내가 너 때문에 못 살겠다.

첫째가 엄마와 비슷한 투로 소리쳤다. 엄마처럼 과자 봉지를 내다 버리지는 않았다.

하루 종일 텔레비전을 봤다. 가면 쓴 초능력 인간과 우주 괴물이 싸우는 만화영화가 나왔다. 우주 괴물은 처참한 모양으로 이상한 색깔의 피를 흘리며 죽었다. 가면 쓴 초능력 인간은 평범한 인간과 사랑에 빠졌다. 가족이 있는 남자가 젊은 여자를 데리고 바닷가를 거니는 드라마도 봤다. 교복을 입은 학생들이 날마다 모여 놀면서 시험 걱정을 하는 시트콤도 봤다. 마이크 앞에서 입만 벙긋거리는 가수의 쇼도 틀어놓았다. 백만장자와 애인이 되려고 서로 헐뜯는 여자들이 나오는 프로그램도 봤다. 셋째는 여자들의 얼굴이 화면에 비칠 때마다 가까이 다가가 입 모양으로 엄마, 하고 말했다.

네 엄마는 여깄다.

첫째가 셋째를 놀리듯 말했다.

이제는 몰락하여 사라진 페르시아 왕국이 나오는 만화영화도 보았다. 왕자는 어릴 때 부모를 잃고 반역 세력에 의해 강에 버려졌다. 목숨이 질긴 왕자는 죽지 않고 살아남았다. 살아난 왕자는 죽는 것이 나을 정도로 갖은 모략에 시달렸다. 하지만 왕자는 강했다. 강에 살고 있는 괴물이 왕자를 키운 덕이었다. 괴물은 왕자가 두 살 때 도둑질하는 법과 속임수를 가르쳤다. 다섯 살이 되자 음탕한 말과 눈빛을 하게 했다. 왕자는 혐오스러운 생김새를 제외하고 모든 것을 괴물에게 고스란히 물려받았다. 괴물은 사람이 다가오면 기다란 혓바닥으로 사람을 잡아챘다. 잡아먹히지 않은 사람은 왕자뿐이었다. 사람들은 괴물이 사는 강 가까이 가지 않았다. 살아남은 왕자에게도 다가가지 않았다. 왕자는 도둑질과 속임수에 능했지만 아무것도 훔치지 못하고 누구도 속이지 못했다. 아무도 곁에 없었기 때문이다.

안개에 휘감긴 저수지는 구름 속에 떠 있는 듯 보였다. 아이들은 창문을 활짝 열어 집 안으로 안개를 불러들였다. 첫째는 안개를 피해 몸을 흔들었다. 셋째도 춤을 췄다. 둘째는 두꺼운 이불 속에 누워만 있었다. 안개는 바람이 부는 방향으로 움직였다. 셋째는 내키는 대로 움직였다. 집은 꼼짝하지 않았다. 첫째는 안개를 잡으려고 화상 입은 손을 내밀었다. 해가 나면서 차차 더러운 저수지가 모습을 드러냈다. 안개는 저수지 속으로 빨려 들어갔다. 셋째는 괴물이 그렇게 한다고 생각했다. 저수지 바닥에 숨어서 커다란 입을 벌리고 안개를 들이마신다고.

집은 저수지와 고작 30여 미터 떨어져 있었다. 직장이 있는 도시와도 멀고 사람들이 사는 마을과도 멀었다. 첫째가 태어난 동네와 정반대되는 곳으로 지도를 반으로 접는다면 거의 맞닿을 위치였다. 엄마는 셋째를 이 집에서 낳았다. 둘째는 저수지 근처에서 낳았다. 둘째는 그 순간을 기억하고 있었다. 저수지에 사는 괴물이 엄마 배 속에서 자기를 끌고 나왔기 때문이다. 엄마의 비명을 견디다 못해 괴물이 혓바닥을 내밀어 배 속을 훑었다. 피가 묻은 자신의 몸뚱이를 핥아준 것도 괴물이었다. 괴물의 혓바닥이 붉은 것은 그 때문이었다.

저수지에는 똑같이 생긴 방갈로가 여러 채 놓여 있었다. 한때 예약을 해야 들 수 있을 만큼 사람이 몰려든 적도 있었다. 저수지 가득 잎이 붉은 수련이 피던 시절, 수련을 찍으러 계절마다 사진작가들이 몰려오던 시절, 수련 사이를 작은 나무배로 헤치며 나아가던 시절, 손을 내밀면 윤기 흐르는 두꺼운 잎이 만져지던 시절, 살 오른 잉어가 한가로이 헤엄치던 시절의 일이다. 수련은 다 죽어 물을 굶게 만들었다. 나무배는 부서진 채 구석에 뒤집혀 쓰레기처럼 방치되었다. 낚시꾼들도 더는 오지 않았다. 그러다 보니 방갈로 역시 버려졌다. 곰팡이 핀 나무 벽이 습기에 차 너덜거리고 세월을 버티는 동안 천장은 더 내려앉았다. 마을의 자랑거리였던 저수지는 흉물로 전락한 지 오래였다.

여학생이 하굣길에 행방이 묘연해진 후 벌써 3주가 지났다. 실종과 관련한 어떤 단서도 나오지 않다가 며칠 전 여학생의 신발이 도심지 쓰레기통에서 발견되었다. 밑바닥에 흙이 말라붙어 있었는데, 성분 분석 결과 저수지의 흙과 지질이 가장 유사하다는 결론이 내려졌다.

재수색에는 군견이 동원되었다. 블러드하운드종으로, 후각이 발달한 개였다. 변화가 심한 지형이나 폭풍이 치는 밤에도 땅에 남겨진 적은 양의 냄새 분자를 추적할 수 있다고 했다. 군견은 지면 가까이 머리를 대고 냄새를 추적했으나 결정적인 단서가 될 만한 물건은 찾지 못했다. 다만 저수지 인근에서 예민한 코를 계속 킁킁거렸다. 그 때문에 경찰은 저수지가 뭔가 숨기고 있다고 믿었다. 초동수사부터 혼선을 빚어온 터라 적극적으로 만회할 기회를 노렸다.

똑같은 옷을 입은 수색대 무리가 다시 저수지에 나타났다. 첫째는 커튼을 조금 걷고 바깥을 살폈다. 둘째는 이불 속에 잠자코 누워 있었다. 셋째는 소리 없이 방 안을 걸어

다니며 첫째가 뭔가 말해주기를 기다렸다.

저런다고 괴물이 잡힐까?

첫째가 혀를 찼다.

저러니 안 잡히지.

둘째가 이불 속에서 대답했다.

잡히면 괴물이 아니지.

셋째가 웅얼거렸다. 괴물은 면도날 같은 발톱을 가졌고 피에 굶주려 있었다. 인간의 따뜻한 피를 감지하면 재빨리 나타나서 집어삼키고 아무런 흔적 없이 사라질 수 있었다.

경찰이 크고 기다란 호스를 저수지에 넣었어.

첫째가 창밖 광경을 말해주었다. 셋째는 사람들이 번갈아가며 호스에 입을 대고 저수지의 물을 삼키는 것이리라 상상했다.

집이 울릴 정도로 커다란 기계음이 들리기 시작했다. 양수기가 요란한 소리를 내며 저수지의 물을 빨아들였다. 그럴 때마다 굵은 호수가 쿨렁거렸다. 빨아올린 물은 반대쪽 호스를 통해 방갈로 앞쪽에 뿌려졌다. 양수기가 쏟아붓는 물줄기는 흙바닥이 파일 만큼 셌다.

집 앞에 물을 버리고 있어.

첫째가 겁에 질려 말했다.

괴물이 나타날까.

셋째가 입 모양으로 물었다.

기계가 엄청 커.

첫째가 대답했다.

양수기가 또 물을 퍼부었는지 집이 흔들렸다. 그 느낌 때문에 둘째는 엄마 배 속에 있을 때의 자신을 떠올렸다. 배 속은 출렁거렸고 붉고 끈적거리는 피가 자신을 둘러싸고 있었다. 괴물이 엄마의 부푼 배를 훑어 끄집어낼 때 둘째는 안도의 눈물을 터뜨렸다. 둘째는 괴물을 흉내 내어 자신의 입술을 훑았다. 역겨운 냄새가 퍼졌다.

셋째는 몸을 흔들며 멀미를 했다. 멀건 죽 같은 것을 토해냈다. 할 수 없이 첫째는 셋째에게 창가를 양보했다. 통증을 가라앉히는 방법은 그것뿐이었다. 다른 것에 주의를 돌려야 겨우 통증이 사라졌다. 셋째는 언제나 아프다거나 배가 고프다고 우는소리를 했다. 셋째가 좋아하는 초콜릿 과자는 더 이상 남아 있지 않았다. 그것뿐만 아니라 제대로 된 먹을 것은 전부 먹어치웠다. 이렇게 오래 엄마가 오지 않을 줄 알았다면 적당한 양을 미리 나눠놨을 것이다. 돈을 벌기란 쉬운 일이 아니다. 엄마가 오지 못하는 걸 보면 알 수 있었다.

첫째는 창가에 선 채 배고프다고 칭얼대는 셋째에게 약속했다.

엄마가 생선을 요리해줄게. 살이 더 부드러워지게 잘 다져줄게. 아가야, 닭이나 오리는 어때? 그것들을 거꾸로 매달아 천천히 피를 흘려 죽인 후에 삶아줄게. 연한 고기를 뜯어줄게.

셋째는 대꾸하지 않았다. 먹어본 적 없는 음식의 맛을 상상하기 어려웠다. 셋째는 구석에 쌓여 있는 쥐똥 한 알을 입에 넣어 천천히 굴렸다. 온몸에 욕지기가 퍼졌다. 차라리 쥐를 말려 먹는 게 낫다 싶을 정도였다.

셋째가 쥐를 잡아볼 요량으로 구멍에 손을 넣었다. 첫째가 말리려고 다가가는데 나무 문 흔들리는 소리가 들렸다. 녹슨 자물쇠를 탕탕 두드리는 소리도 났다. 아이들은 숨을 참았다. 양수기를 돌리던 사람들이 집 앞에 서 있는 듯했다. 그들은 닫힌 문을 열고야 말겠다는 듯 끊임없이 두드려댔다. 아이들은 소리를 듣지 않기 위해 아예 귀를 틀어막았다. 자물쇠는 단단했다. 아무리 흔들어도 부서지지 않았다. 사내들의 검은 그림자가 나무 문 사이로 비쳤다. 아이들은 눈도 감았다. 누군가가 발로 문을 걸어찼다. 안에서 아무 인기척이 없자 그들은 나무 문에 대고 길게 오줌을 누며 떠들어댔다.

냄새가 이렇게 지독한 게 이상하지 않아?

나무가 썩는 모양이지.

오줌 누는 소리에 셋째가 참지 못하고 키득거렸다. 오줌 소리가 잠시 잦아들었다. 첫째는 화상 입은 손으로 셋째의 입을 틀어막았다. 셋째의 입에서 침이 흘러나와 첫째의 손을 적셨다. 둘째는 냄새나는 숨이 새어 나오지 않도록 제 입을 틀어막았다.

저수지 앞에 모이는 사람들이 많아지면서 나무 문에 대고 오줌을 누는 사람들도 늘어났다. 그들은 예고 없이 나타났다. 커튼을 걷고 바깥을 내다보는 일도 어려워졌다. 첫째는 사람들이 모두 떠난 밤이 되어서야 창문을 열고 크게 숨을 내쉬었다. 셋째가 소리를 내지 않고 저수지의 괴물을 불렀다. 멀리서 대답처럼 개 짖는 소리가 들려왔다. 경찰이 저수지에 양수기를 댄 후 괴물은 자취를 감춰버렸다.

아무리 퍼내도 저수지의 물이 줄어드는 기미는 없었다. 낮에 퍼 올린 물을 밤이 되면 누군가가 다시 들이붓는 것 같았다. 저수지 바닥에 가까워진다는 것은 괴물의 크기가 점점 작아진다는 뜻이었다. 셋째가 가장 실망했다.

괴물은 왜 저 사람들을 안 잡아먹어?

셋째가 못마땅한 표정을 지었다.

괴물이 참는 거야.

둘째가 간신히 대답했다. 냄새를 맡지 않으려면 입을 다물고 있어야 했다.

곧 나타나겠지.

첫째가 자신 없는 투로 말했다.

셋째는 쥐의 배를 가르는 일을 계속했다. 셋째가 던져준 과자를 먹고 자란 쥐는 살이 통통하게 올랐다. 셋째는 녹이 슨 칼로 쥐의 배를 갈랐다. 가른 배에서는 붉은 피와 내장에 휩쓸려 손가락보다 작은 새끼 쥐가 튀어나왔다. 피를 묻힌 맨살의 쥐들이 방 안을 떠다녔다. 사방의 벽에서 떨어진 벌레들이 쥐를 피해 갈라진 나무 틈으로 숨었다. 숨을 곳을 찾지 못한 벌레들은 아이들의 벌어진 입속으로 드나들었다. 둘째의 귀로 꼬물거리는 구더기 몇 마리가 숨었다. 구더기들은 둘째 몸에서 겨우 목숨을 부지했다.

며칠 후 물 빼는 작업이 중단되었다. 폭우가 쏟아졌기 때문이다. 대원들이 서둘러 차로 대피하고 몇 사람이 남아 양수기에 노란색 방수 천을 둘렀다. 폭우로 집은 완전히 젖었다. 벽과 천장에서 눈물 같은 빗물이 떨어졌다. 집은 숫제 거대한 나무배처럼 되었다. 바닥의 흙이 파인 탓에 폭우를 견디지 못하고 출렁거리며 흔들렸다. 폭우는 다시 저수지에 물을 채웠다. 물은 이전보다 더 불어났다.

얼마 후 폭우가 멈추자 다시 사내들이 몰려왔다. 그들은 전보다 더 힘차게 양수기로 물을 퍼 올렸다. 포기할 수는 없었다. 여학생의 실종이 경찰 탓이라고 모는 언론과 시민 때문에 뭐라도 해야만 했다. 당장 할 수 있는 일은 저수지 물을 빼는 것뿐이므로 그들은 그 일에 매달렸다.

내내 저수지 근처를 맴돌던 군견 한 마리가 방갈로 쪽으로 달려오더니 요란하게 짖기 시작했다. 첫째는 의자에서 떨어질 뻔했다. 둘째는 숨이 멎을 뻔했다. 셋째는 벌레를 삼킬 뻔했다. 모두 재빨리 이불 아래 숨었다. 군견은 여전히 큰 소리로 짖었다. 이어 사람들이 몰려오는 발소리가 들려왔다. 이불 속에서 아이들은 숨을 꾹 참았다. 사람들에게 들키면 보호시설에 가게 된다는 엄마의 말이 떠올랐다. 아이들이 잡혀가면 엄마는 감옥에 가게 된다고 했다. 엄마는 머지않아 돌아올 것이다. 아이들은 계속 숨을 참았다. 군견이 짖는 소리가 가까워졌다. 누군가가 자물쇠를 부수는 소리가 났다.

곰팡이 핀 나무 문을 열자 쥐 몇 마리가 후닥닥 구멍 속으로 도망쳤다. 바퀴벌레가 벽에 무늬처럼 시커멓게 박힌 알을 두고 천장으로 숨었다. 다리가 여럿 달린 바구미들이 분주히 벽 틈으로 기어 들어갔다. 문을 연 사내들은 고약한 냄새에 코를 싸쥐었다. 쥐구멍처럼 작고 시커먼 텔레비전은 전원이 꺼진 채 한구석에 놓여 있었다. 텔레비전 뒤에 쥐똥이 잔뜩 쌓여 있었다.

아이들은 이불 아래서 꼼짝도 하지 않았다. 그중에는 언제 죽었는지 알 수 없이 오래된 시체 한 구가 있었다. 썩을 대로 썩어버린 시체는 쥐에게 뜯겨 형상을 알아볼 수 없었다. 실신한 두 아이가 발견됐다. 한 아이는 머리카락이 죄다 뜯겨 있고 온몸에 물린 상처가 가득했다. 한 아이는 화상 입은 주먹이 시커멓게 썩어 있었다.

경찰은 저수지의 물을 70퍼센트 가까이 뺐다. 저수지에서는 마을을 통째로 버렸다고 해도 믿을 정도의 쓰레기가 나왔다. 잠수부들이 느린 걸음으로 시체를 찾아 저수지를 뒤졌다. 바닥이 보이지 않는 시커먼 물에서는 오물 냄새가 났다. 옷가지가 여러 벌 발견되었으나 여학생의 것인지 다른 실종자의 것인지 확인할 수 없었다. 여학생의 흔적은 아무것도 발견되지 않았다. 다른 실종자의 시체도 나타나지 않았다. 어쩌면 그들은 저수지보다 더 깊은 곳에 가라앉아 있을지도 모른다. 아무리 물을 퍼내도 찾을 수 없는 곳 말이다.

수색이 완료된 후 몇 차례 폭우가 더 내렸다. 겨울답지 않게 폭우가 잦았다. 경찰은 양수기를 철수했다. 저수지에서 발견된 옷가지는 정밀 분석 결과 실종자와는 아무런 상관이 없는 한낱 쓰레기로 밝혀졌다. 폭우가 이어지는 동안 새로운 실종 사건이 발생했다. 이번에는 칠순을 넘긴 노인이었다. 노인의 실종과 관련된 흔적은 어디에도 없었다.

저수지에는 다시 더러운 물이 가득 들어찼다.

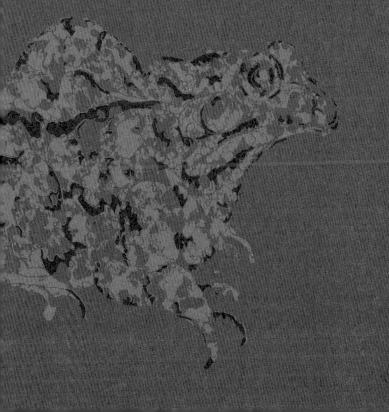

아오이가든

시커먼 개구리들이 비에 섞여 바닥으로 떨어졌다. 바닥
에는 깊이를 알 수 없을 정도로 쓰레기가 쌓여 있었다. 개
구리들은 그 속으로 빨려 들어갔다. 바닥에 떨어져 머리
가 깨지거나 지나가던 소독차에 깔려 아스팔트에 붉은 꽃
을 피우기도 했다. 어두운 거리에 그들이 흘린 피와 그들
의 찢어진 살갗이 불빛처럼 빛났다. 대낮인데도 도시는 불
에 그슬린 듯 어두웠다. 시 당국이 가스 공급량을 줄이면
서 석탄 때는 연기가 대기 중으로 쏟아졌다. 오래된 학교
나 보건소 외에도 구식 난로가 남아 있다는 게 놀라울 지
경이었다.

인적은 끊겼지만 거리는 한산하지 않았다. 주민들이 창
밖으로 내던진 쓰레기가 거리를 메웠다. 도시 전체를 내다

버린 것처럼 많은 양이었다. 아오이가든 주변 거리는 거대한 쓰레기 하치장이나 마찬가지였다. 동물의 배설물과 사체도 쓰레기 더미에 섞여 거리에 남았다. 거리에는 집에서 쫓겨난 동물도 많았다. 그들은 밤늦도록 어슬렁거렸다. 쓰레기를 뒤져 먹을 것을 찾거나 다른 놈의 모가지를 물어 죽이거나 교접하는 것이 그들의 일이었다. 피를 흘리면서도 살아남은 개구리들은 차에 치였다. 신호 체계가 쓸모없어졌기 때문에 차들은 아오이가든 주변 거리를 마구 질주했다. 붉은 십자가가 그려진 차들이 소독약을 뿌리고 가기도 했다. 구름처럼 피어오른 흰 연기가 시커먼 도시를 잠깐 감추었다. 독한 성분 때문인지 소독약을 쐬면 몸에 두드러기가 났다. 아주 드물게 사람이 눈에 띄기도 했다. 그들은 웅크리거나 누워 있었고, 주검이거나 주검에 가깝게 느껴졌다. 멀리서 보면 쓰레기를 담은 자루 같았다.

그 모든 것을 제치고 정작 거리를 차지한 것은 냄새였다. 도시 전체가 부식되면서 냄새를 풍겼다. 편두통을 일으키며 혀가 아둔해지고 코를 맹맹하게 만들며 끊임없이 구역질을 퍼 올리는 냄새였다. 냄새는 도시를 구성하는 유기물 가운데 하나였다. 냄새를 풍기는 것들의 한가운데에 아오이가든이 있었다. 최초에 냄새를 풍기기 시작한 것이 거리였는지 아오이가든이었는지는 알 수 없었다. 갈라진 벽면이나 습한 마룻바닥은 말할 것도 없고 수돗물이나 손을 씻는 비누에서도 냄새가 풍겼다. 비가 자주 왔지만 냄새는 씻겨가지 않았다. 오히려 하수도가 역류하면서 분뇨를 거리로 토해냈다. 하수구가 제 역할을 못하게 된 것도 병이 돌면서부터였다. 도시를 가로지르는 하수도가 끊어졌고 부식된 파이프는 교체되지 않았다.

바깥으로 고개를 내민 사람은 나뿐이었다. 아오이가든의 모든 창은 먹구름으로 가린 듯 컴컴했다. 어두운 창문 중의 몇 곳에서는 희미하게 석탄 연기가 뿜어져 나오고 있었다. 창문을 닫으려는데 무엇인가 뒤통수에 부딪혔다가 떨어졌다. 개구리였다. 이어 또 한 마리가 머리통을 내리치고 베란다로 떨어졌다. 개구리는 재빨리 소파 밑으로 몸을 숨겼다. 아스팔트에 떨어진 개구리는 몸이 찢어지면서 피를 토했다. 폭우가 쏟아지는 것치고 핏자국은 더디게 씻겨 내려갔다.

다시 창문을 닫으려는데 초인종이 울렸다. 오랜만에 들리는 소리여서 나는 제법 놀랐다. 놀란 나머지 몸이 비틀려 의자가 기울었다. 의자는 기우뚱거리다 빗물이 들이쳐

고인 자리로 넘어져버렸다. 나는 바닥으로 나자빠졌다. 어디선가 개구리가 울었다. 고양이가 다가와 얼굴을 핥았다. 혓바닥이 얼음처럼 차가웠다.

또 한번 초인종이 울렸다. 그녀가 방에서 나왔다. 초인종이 울려서는 아니었다. 내가 넘어지는 소리를 들어서였다. 그녀는 의자에 깔린 다리를 끄집어내고 힘을 주어 나를 안아 올렸다. 그녀의 까만 팔뚝에 푸른 힘줄이 불거졌다. 그녀는 무거운지 끙 하는 신음 소리를 내뱉고도 쉽게 일어서지 못했다. 곡기를 아무리 줄여도 내 몸은 점점 부어올랐다. 둥글고 커다란 상체에 달린 실처럼 가느다란 다리가 그녀의 팔뚝 아래서 흔들렸다.

이번에는 문을 두드리는 소리가 났다. 먼 곳에서 울리는 것처럼 아득한 소리였다. 환청인지도 몰랐다. 아오이가든에는 남의 집 초인종을 누를 만한 사람이 남아 있지 않았다. 역병이 떠돈 이후로 많은 주민이 아오이가든을 떠났다. 다른 도시에 사는, 의탁할 만한 친지를 찾지 못한 주민들은 별수 없이 남았다. 그들은 자기 집에만 머물렀다. 따로 사는 부모의 집이나 형제자매의 집도 방문하지 않았다. 필요한 것이 있더라도 상점에 가지 않았다. 아오이가든 내의 상점은 모두 문을 닫았다. 최소한의 쌀을 가지고 오래 버티는 것만이 병을 이기는 유일한 길이었다.

그녀가 발소리를 죽여 현관으로 다가갔다. 바깥을 확인한 그녀는 몸을 떨며 문을 열었다. 열린 문으로 나타난 사람은 누이였다. 더러운 얼굴에서 빗물과 섞인 땟물이 흘렀다. 길게 내려 기른 검은 머리에서도 빗물이 듣고 있었다. 열꽃이 핀 얼굴이 붉었다. 집을 나간 지 8개월 만이었다. 우리는 누이가 다른 도시에 사는 사내를 만나러 갔다고 믿었다. 다른 도시로 가기 위해서가 아니라면 역병이 도는 거리로 나설 이유가 없었다. 누이는 인접한 도시에 사는 한 사내에게 연정 어린 편지를 몇 개월째 받고 있었다. 우리를 다른 도시로 데려갈 단 한 사람이 있다면 바로 그였다.

누이는 지쳤다는 듯 문에 기대섰다. 벌어진 누이의 가랑이 틈으로 고양이가 빠져나갔다. 고양이는 며칠 뒤 생살이 곪는 것 같은 거리의 냄새를 묻히고 돌아올 것이다. 발정기만 되면 밤새 등을 구부려 긴 혓바닥으로 생식기를 핥아댔다. 기회를 봐서 집을 빠져나갔다가 돌아와서는 두어 달 후에 새끼를 낳았다. 그럴 때면 집 안에 달짝지근하고도 비릿한, 생소한 날것의 냄새가 풍겼다. 그녀는 배 속에서 터져 나온 고양이 새끼들을 베란다 바깥으로 던졌다.

갓 태어난 새끼들이 시커먼 쓰레기 더미에 묻혀 자취를
감췄다.

　복도에서 이웃집 사내가 팔짱을 낀 채 사나운 눈초리로
우리를 쳐다보고 있었다. 계속되는 초인종 소리를 듣고 나
와본 모양이었다. 그도 우리처럼 다른 도시의 친지가 없
을 터였다. 아오이가든에 남은 사람들은 죄다 그런 축이
었다. 고양이는 이중으로 마스크를 두른 사내를 지나쳐 복
도 끝으로 달아났다. 고양이가 달려오자 사내는 팔짱을 낀
채 재빨리 벽 쪽으로 몸을 붙였다가 뗐다. 그녀는 더럽고
축축한 자루처럼 보이는 누이를 집 안으로 들였다. 사내는
여전히 우리를 노려보고 서 있었다. 위생청의 관리처럼 딱
딱한 표정도 풀지 않았다. 그녀는 사내를 향해 가급적 웃
어 보이려고 했다. 아무 일도 아니에요, 걱정하지 마세요.
그렇게 말하고 싶었는지도 모른다. 마음과 달리 주름진 얼
굴에 눈매가 날카로운 그녀의 미소는 조롱처럼 느껴졌다.
문을 닫았지만 사내의 매서운 눈빛이 그대로 남았다. 사
내는 현관과 복도, 누이의 손이 닿았을지 모르는 계단의
난간에 닥치는 대로 소독약을 뿌릴 것이다. 열꽃이 핀 고
열 환자가 있다고 신고할지도 모른다. 주민들에게 수상한
방문객에 대해 떠벌릴 수도 있다. 굳이 사내가 말하지 않

더라도 주민들은 이미 누이의 방문을 알아차렸을 것이다. 누이가 풍기는 냄새는 아오이가든의 것보다 훨씬 지독했다. 거리에서 나는 것과 유사한, 역겨우면서도 친숙한 냄새였다.

누이를 들여놓은 그녀는 제일 먼저 알코올로 손을 소독했다. 그다음에는 마스크를 하나 더 찾아 썼다. 내게도 한 겹 더 씌웠다. 그러고는 그때까지 열려 있던 창들을 신경질적으로 닫았다. 문틈으로 들이친 비가 바닥에 홍건하게 고여 있었다. 나는 슬금슬금 누이 곁으로 기어갔다. 냄새만으로도 누이가 오랫동안 거리에서 지냈음을 알 수 있었다. 그녀는 누이의 목에서 빨간 스카프를 벗겨냈다. 색을 잃을 정도로 때에 전 스카프에서 비린내가 풍겼다. 물에 젖은 털외투는 잘 벗겨지지 않았다. 가까스로 외투에서 누이의 몸을 빼낸 그녀가 주춤거리며 뒤로 물러섰다. 외투로 가려져 있던 누이의 둥근 배가 드러났기 때문이다. 그것은 누이가 보낸 지난 8개월을 일목요연하게 정리한 문서 같았다. 누이는 그동안의 일에 대해서라면 아무것도 말하지 않겠다는 듯 단호해 보였다. 누이가 숨을 쉴 때면 단단하고 딱딱한 배가 조금 더 부풀었다.

그때 어디선가 개구리 울음소리가 들려왔다. 그제야 집

안에 숨어 있는 개구리 생각이 났다. 소파 밑이나 테이블 아래, 화분 뒤를 목발로 뒤져보았다. 소리는 가깝게 들려 왔다가 이내 아득히 멀어졌다. 개구리가 그녀 얼굴로 튀어 오르기라도 하면 나는 바깥으로 내쫓길지도 모른다.

바깥은 무섭고 위태로운 역병의 기운이 감도는 곳이었 다. 내가 바깥을 두려워하는 만큼 그녀는 이웃집 사내의 차가운 눈초리를 두려워하는 것 같았다. 그녀는 쉴 새 없 이 마루를 서성거리며 무슨 말인가 중얼거렸다. 목소리가 작은 데다가 마스크를 쓰고 있어서 분명히 알아들을 수 없지만 대개 누이에 관한 얘기였다. 누이가 숲속에서 나뭇 가지에 걸려 옷이 찢어졌거나 들쥐를 잡아먹은 고양이에 게 입을 할퀴였거나 동면 중인 뱀을 잡아 가랑이에 집어 넣었거나 올챙이가 든 줄도 모르고 샘물을 마셔 구역질을 했거나 죽은 쥐의 껍질을 벗겨 먹지는 않았을까 하는 걱 정이었다.

혼잣말을 중얼거릴 때마다 그녀의 충혈된 붉은 눈이 도 드라졌다. 붉은 눈은 누이의 몸을 닦느라 치켜든 그녀의 엉덩이에도 달라붙어 있었다. 그녀가 걸음을 옮길 때마다 하얀 치마에 묻은 붉은 얼룩이 덩달아 흔들렸다. 그녀가 앉았다 일어난 이불보나 방석 위에도 간혹 검붉은 얼룩이 남았다. 얼룩은 그녀의 몸 전체에서 가장 생생한 빛을 냈다. 그 얼룩들이 아니면 그녀는 마르고 까만 살갗 때문에 미라처럼 보일 터였다. 누이가 가쁜 숨을 내쉬었다. 나는 개구리가 튀어나오도록 이곳저곳 목발을 두드렸다. 그 소리를 견디다 못한 그녀가 버럭 소리를 질렀다. 누이가 돌아옴으로써 도시를 떠나는 일은 요원해졌다. 우리는 여전히 아오이가든에 남게 될 것이다. 나도 버럭 소리를 질렀다. 개구리 소리는 더 이상 들려오지 않았다.

지독한 냄새는 여전히 남았지만 누이의 열은 차츰 내렸다. 따뜻한 이불을 덮고 뜨거운 물에 몸을 씻고 고기를 갈아 넣은 죽을 먹어서가 아니었다. 열을 내리게 해준 것은 시간이었다. 그녀도 나도 열이 끓는 누이의 곁에서 위생청 직원이 들이닥치지 않을까 두려워하는 것 말고는 아무 일도 하지 않았다. 가끔 돌이 날아와 유리창을 쳤다. 누군가 둔탁한 쇠망치를 내리쳐 현관문을 우그러뜨리기도 했다. 그리고 전화가 걸려왔다. 전화를 받는 내내 그녀는 찡그린 얼굴로 우리 집에는 늙은 여자 하나와 덜 자란 사내아이가 살고 있다고 대답했다. 통화 시간이 꽤 길었지만 그녀가 한 말은 그게 전부였다. 그녀는 그 말을 쉬지 않고 열네 번이나 반복했다.

집을 나갔던 고양이도 다시 돌아왔다. 그녀는 이번만큼
은 집 안에 들이지 않을 작정인지 고양이를 살살 달래 안
은 뒤 곧장 베란다 바깥으로 던져버렸다. 나는 미처 눈치
채지 못했다. 눈치를 챘더라도 그녀 품에서 고양이를 빼앗
지 못했을 것이다. 나는 그녀에게 의지하지 않고는, 내키
지 않지만 그녀 품에 안기지 않고는 기어 다니는 것밖에
할 수 없었다. 태어날 때부터 그랬다란 가느다란 두 다리
때문이었다.

누이는 내 허약한 다리가 출생 직후의 충격 때문이라고
했다. 누이는 그녀가 나를 낳는 모습을 기억하고 있었다.
인상적인 장면이어서 잊을 수 없다고 했다.

엄마는 널 서서 낳았어. 목을 빳빳이 세워 얼굴을 하늘
로 치켜들고 비명을 질렀어. 척추는 곧게 폈지. 가끔 허리
를 구부리기도 했는데 그럴 때마다 배 속에 든 네가 몸을
트는 게 다 보였어. 엄마는 계속 똑바로 서 있었는데 가랑
이를 벌리고 서 있는 게 힘들어 보였어. 그렇게 조금만 더
버티면 죽겠다 싶을 때 네가 미끄러져 나왔어.

언젠가 나도 그런 장면을 본 적 있었다. 빳빳이 서 있는
기린의 엉덩이에서 피 묻은 양수에 둘러싸인 새끼가 미끄

러져 나오는 모습. 텔레비전 프로그램에서였다. 갓 태어난 기린의 새끼는 버티고 서려다 이내 넘어졌다. 어미가 부드러운 혓바닥으로 양수와 태반 찌꺼기를 핥아주자 천천히 다시 일어섰다. 새끼 기린의 눈동자가 모욕을 당한 듯 빨갛게 불탔다.

그건 기린이 새끼를 낳는 모습 아니었어?

나는 다소 실망하여 누이에게 물었다.

나는 네가 태어나는 걸 똑똑히 봤어.

단호한 목소리로 누이가 대답했다. 늙은 어미가 다리를 벌린 채 서 있고 그 어미의 가랑이에서 머리통이 서서히 빠져나오는 갓난아기인 나를 상상해보았다. 찢어지는 어미의 가랑이를 눈으로 보면서, 고통으로 일그러진 어미의 눈동자와 시선을 맞추며 갓 뜬 눈을 가랑이에서 흘러나오는 피로 흠뻑 적시는 모습을.

넌 다리부터 나왔어. 보통은 머리통이 먼저 나온다는데 말이야. 그러더니 다리로 몸을 받치고 서려고 했어. 갓 태어난 네 다리는 손가락처럼 가늘었거든. 하긴 네 다리는 지금도 그렇지만. 그런 다리로 머리통의 무게와 널 낳고 있는 엄마까지 받치고 있었으니 오죽 힘들었겠니?

풀처럼 가느다란 내 다리가 무거운 몸통을 받치고 피로

물든 어미의 붉은 가랑이 사이에 서 있던 모습이 정말 기억나는 것도 같았다. 그것은 어제 일인 듯 생생하게 떠오르는가 하면 아득한 시절의 이야기답게 희미하게 그려지기도 했다.

고양이는 죽지 않았다. 잠시 후 멀쩡히 다시 나타났다. 아파트 8층은 고양이의 부드러운 척추에 해를 끼칠 만한 높이가 아니거나 운 좋게 몸을 의지할 쓰레기 더미에 떨어졌을 것이다. 그녀는 연신 발톱으로 긁어대는 고양이에게 문을 열어주지 않았다. 고양이는 복도에서 밤새 울었다. 가임기의 산모와 갓난아이가 없는 아오이가든에서는 참기 힘든 소리였다. 나는 고양이를 데려오라고 간청했다. 아직 열이 완전히 내리지 않은 누이는 혼곤한 기운 속에서 자주 잠이 깼다. 그녀는 아예 잠들지 못했다. 이웃들이 무슨 짓을 벌일지 두려웠기 때문이다. 주민들은 열에 들뜬 사람의 숨소리도 알아차렸다. 그녀는 할 수 없이 고양이를 집 안에 들이기로 했다. 집으로 돌아온 고양이가 그녀를 피해 달아나다가 식탁을 넘으면서 유리잔을 떨어뜨렸다. 유리 조각 하나가 내 팔뚝에 박혔다. 피는 얼마 나지 않았는데도 팔뚝이 금세 부어올랐다.

얼마 후 다시 전화가 걸려왔다. 그녀는 전화를 받지 말라고 소리 질렀다. 벨이 마흔세 번 울리고서야 전화가 끊겼다. 조금 뒤 전화가 또 울렸다. 그녀는 전화 코드를 아예 뽑아버렸지만 어디에선가 벨 소리가 계속 들려왔다. 누이는 까무룩 잠이 들었다가 깨어나면 꿈 얘기를 해주었다. 수화기 속에서 붉은 뱀이 기어 나와 모가지를 휘감고 허벅지를 무는 꿈이었다. 주민들이 한꺼번에 몰려와 우리를 바닥에 내던지는 꿈도 꾸었다고 했다.

우리는 어디로도 갈 곳이 없었다. 아오이가든에 머무는 게 최선의 예방이었다. 30년 넘는 시간을 견디느라 갈라진 벽이나 내려앉은 천장 따위는 불평할 거리가 아니었다. 돌멩이가 날아와 머리를 친다거나 주민들이 우그러진 현관문 사이로 호스를 밀어 넣고 소독약을 뿌린다 해도 마찬가지였다. 아오이가든 바깥으로 나가는 위험에 비하면 아무것도 아니었다.

모든 건 밤새 울어댄 고양이 탓이었다. 그녀는 커다란 찜통 가득 물을 펄펄 끓였다. 거기에 칼과 가위를 담가 소독했다. 고양이를 함부로 죽일 수는 없었다. 고양이는 귀신도 볼 수 있는 동물이었다. 어둠 속에서 눈이 푸르게 빛나고 뭔가를 잡으려는 듯 허공에 헛손질을 해대는 것은 그 때문이었다. 고양이는 목숨이 일곱 개나 된다고도 했다. 죽여도 소용없을 만한 숫자였다. 그녀는 고양이 자궁을 들어내기로 했다. 함부로 바깥을 나다니는 고양이가 새끼를 배지 못하게 하기 위해서였다. 그녀가 꽤 오래전 부인과에서 간호사 노릇을 한 적이 있어서 가능했다. 자궁이나 난소, 난관을 알아보는 일이 신장이나 창자, 간 따위를 분간하는 것보다 익숙했다.

준비를 마친 그녀가 누이를 불렀다. 간이 테이블 위에 수건 여러 장을 겹쳐 깔고 날이 얇은 과도와 부엌용 가위를 각각 한 개씩 올려두고 문방구에서 사 온 20시시 용량의 주사기, 출처를 알 수 없는 마취제 한 병, 검은 실이 감긴 두꺼운 바늘, 개복한 곳을 벌려줄 쬠쇠, 내장을 올려놓을 작은 접시를 나란히 두었다.

수술은 고양이에게 마취제를 주사하면서 시작되었다. 사지가 눌린 고양이는 꼬리를 배 밑으로 접고 몸을 떨었다. 고양이는 추락 사건 이후 계속 그녀를 피해왔기 때문에 할 수 없이 누이가 마취 주사를 놔야 했다. 누이는 한 번도 주사를 놔본 적이 없었다. 그녀는 바늘이 들어갈 만한 살을 골라 적당히 찔러 넣으라고 충고했다. 누이는 그녀 말대로 했다. 마취가 되기까지 제법 시간이 걸렸다. 고양이는 눈을 감았다 뜨고 털을 곤두세우고 꼬리를 흔들며 가르릉 소리를 내다가 약 기운이 돌아 다시 드러눕기를 몇 차례 반복했다. 그동안 그녀는 담배를 다섯 개비 피웠고 누이는 뜨겁게 끓인 쌀죽을 알맞게 식혀 먹었다. 위로 치켜든 고양이의 앞다리가 가끔 바르르 떨렸다.

칼이 지나갈 때마다 고양이는 몸을 단단히 움츠렸다. 몇 번인가 칼날이 살을 베어 얕은 피가 비쳤다. 피 묻은 털이 바닥으로 후드득 떨어졌다. 잘린 털은 뭉치를 이루어 방 안을 굴러다녔다. 엎드려 있는 내 콧속으로 빨려 들어가기도 했다. 등허리에 떨어져 몸을 간질이는 것도 있었다. 나는 방 안을 기어 다니며 굴러다니는 털을 주워 모아 뭉치로 만든 후 얼굴에 대보았다. 고양이를 안은 것처럼 따뜻했다. 뭉친 고양이 털을 조금씩 입에 넣고 침에 적셔 삼켰다. 털을 다 깎아내자 갓 태어난 생쥐처럼 분홍빛을 띤 가슴과 배가 드러났다. 까슬거리는 내 머리통과 달리 고양이 배는 솜처럼 부드러워 보였다. 이제 그녀는 배를 갈라 내장을 들어낼 터였다. 고양이의 자궁과 난소를 정확히 찾아낼지는 의문이었다. 무엇보다 개복에 실패할지도 몰랐다. 고양이는 칼이 심장에 깊이 박히거나 장을 잘려 배설물을 쏟아내거나 독소가 체내에 쌓여 죽을지 모른다. 어떤 내장이 상하든 고양이는 피를 쏟으며 죽게 될 것이다.

생각과 달리 그녀는 마취된 고양이의 배를 잘도 갈랐다. 붉은 피로 둘러싸인 내장들이 여전히 벌떡벌떡 뛰었다. 고양이는 사람에게 역병을 옮겼다는 혐의를 받는 동물 중 하나였다. 무리도 아니었다. 당국은 최초에 아오이가 든에서 병이 퍼지기 시작하던 때 병원체에 대해서 파악조차 못 했다. 병원체 정보는 다른 도시로 감염 환자가 퍼져 가고 나서야 외국의 학회에서 보고되었다. 이를 통해 최초의 숙주였던 미생물에서부터 인간에 이르기까지의 감염 경로가 밝혀졌다. 그중에는 실로 고양이도 포함되어 있었다. 예방법이나 치료법에 관해서는 풍문만 떠돌았다. 백신이나 치료제를 개발하는 일은 꿈도 못 꿨다. 의사들은 환자와 접촉하려 들지 않았다. 환자를 치료하던 의사 중 일부가 감염되었기 때문이다. 사람들은 두 겹으로 마스크를 썼다. 손에는 일회용 위생 장갑이나 수술용 고무장갑을 꼈다. 어쨌거나 병에 감염되지 않는 게 상책이었다. 몇 년이 지나야, 어쩌면 몇백 년 후에야 백신이나 치료제가 개발될 것이다. 당국은 병의 치사율이 그리 높지 않다고 발표했다. 그러나 감염률이 높고 치료제를 찾을 수 없어서 전염에 대한 공포는 사그라지지 않았다. 병에 걸리면 죽음을 기다리는 것과 다른 사람에게 병을 옮기는 일밖에는 할

게 없었다. 병에 걸리지 않았다고 나을 것도 없었다. 오히려 그들은 언제 닥칠지 모르는, 공기 중에 떠도는 역병의 기운과 병에 걸릴지 모른다는 두려움에 맞서느라 죽은 것이나 다름없이 살아갔다.

누이는 종종 거리에서 벌어진 일에 관해 얘기해줬다. 어두운 거리에는 역병에 걸린 사람들과 거의 죽어가는 사람들이 떠돈다고 했다.

그들은 다 역병에 걸린 거야?

알 수 없어. 얼어 죽거나 강도의 칼에 찔려 죽거나 이유도 모르고 죽는 사람이 많아. 그래도 사람들은 거리에 있으면 다 역병에 걸렸거나 미쳤다고 생각해.

누이는 자기가 왜 아오이가든을 떠났는지 말하지 않았다. 처음에는 다른 도시로 갈 작정이었던 듯했다. 그리로 갈 수 없으니 죽는 게 낫다는 생각이 들었다고 했다. 도시에 남은 사람들 모두 그렇게 생각할지도 모른다.

아오이가든이 안전할 리 없었다. 아오이가든은 도시에서 처음으로 역병 환자가 발생한 아파트 단지였다. 그래도 우리는 여기밖에 있을 곳이 없었다. 가족 누구와도 손을 잡지 않고 누구와도 마스크를 벗고 수다 떨지 않으며 같은 컵으로 물을 나누어 마시지 않으면, 같은 베개를 베거나 꿈길에서라도 만나 짧은 시간 얘기를 건네지 않는다면 아오이가든에서도 버틸 수 있을 터였다. 집에서도 마스크를 쓰자니 처음에는 다소 불편했다. 조금 지나자 마스크를 쓰고도 밥을 먹을 수 있을 만큼 익숙해졌다. 마스크 한쪽을 들어 밥과 반찬을 얹은 숟가락을 입에 쑤셔 넣은 다음 다시 마스크를 쓰고 입을 오물거렸다. 귀찮으면 밥을 적게 먹는 수밖에 없었다. 물을 마실 때면 종종 마스크가 젖었다. 젖은 마스크에서는 입 냄새와 땀 냄새, 음식 냄새가 섞인 고약한 냄새가 났다.

아오이가든에서 지내는 것이 힘든 일만은 아니었다. 아오이가든에서 태어나 계속 살아온 나로서는 바깥에 나간다는 게 더 벅찬 일이었다. 그녀도 마찬가지였다. 그녀는 곰팡이처럼 아오이가든 벽의 일부가 되어 늙어가고 있었다. 가끔 현관문을 열고 주저앉아 복도를 내다보는 것이 우리의 유일한 외출이었다. 복도는 완벽하게 텅 비었고 어두웠으며 지옥으로 연결된 통로처럼 좁았다. 외출은 짧았다. 열린 문을 통해 잠식해 들어오는 냄새가 구토를 일으켰기 때문이다.

바깥에는 온갖 흉흉한 소문이 떠돌았다. 그중에는 역병을 옮기는 소녀가 있다는 이야기도 있었다. 사람들에 의하면 소녀는 목에 빨간 스카프를 둘렀다고 했다. 소녀가 누구인지는 아무도 몰랐다. 애초에 소녀를 본 사람이 있는지도 알 수 없었다. 소녀의 차림새에 대해서라면 누구나 알았지만 정작 소녀를 직접 보았다는 사람은 아무도 없었다. 사람들은 소녀가 구획이 나뉜 마을의 흙담을 따라, 창의 검은 커튼을 따라 빨간 스카프를 흔들며 다닌다고 했다. 그러기만 하면 그 집의 식구들이 모두 역병에 감염된다는 것이다. 소녀의 옷차림이 학생들 사이에서 유행이 되었다. 여학생들은 누구나 목에 빨간 스카프를 둘렀다. 빨간색이 도드라지도록 온통 흰 옷을 입기도 했다. 누이도 그렇게 옷을 입었다. 빨간 스카프는 누이 목에 접힌 주름만큼이나 자연스러워 보였다.

병이 돌던 초기에 사람들은 교회와 절에 모였다. 그런 곳에는 감염되지 않은 사람도 왔고 자신이 감염된 것을 아는 사람도 왔고 미처 감염된 줄 모르는 사람도 왔다. 어느 교회에서는 전염을 두려워한 나머지 목사가 출석하지 않아 신자들이 허탕을 치기도 했다. 정부는 곧 사람들이 모이는 종교 집회를 금지했다. 의사들도 속수무책이었다. 병을 치료하기 위해 그들은 몸 안의 피를 뽑아내는 사혈법을 썼다. 병이 돌기 전에는 한 번도 써보지 않은 방법이었다. 환자들은 피를 뽑으면 핏속의 나쁜 것이 함께 빠져나가 치유된다고 믿었다. 차츰 의사들도 그렇게 믿기 시작했다. 백약이 소용없자 수은을 함유한 약이 암암리에 처방되었다. 이 약을 먹고 병이 나았다는 소문이 돌았다. 약값은 너무 비쌌다. 약을 사기 위한 범죄가 자주 발생했다. 전문가가 이런 약은 역병에 아무런 쓸모가 없다고 해도 허사였다. 사람들은 여전히 비싼 값을 치르고 약을 샀다. 시간이 지나도 역병은 사그라지지 않았다. 수은이 체내에 쌓여 얼굴이 까맣게 변하는 사람들이 생겨났다. 어쨌든 역병에는 백약이 무효라는 항간의 속설이 증명된 셈이었다.

마침내 복강에 도달한 모양이었다. 그녀가 거길 잘라, 하고 지시했고, 누이는 그러면 옷에 피가 튀잖아, 하고 대꾸했다. 나는 뭉친 고양이 털을 머리에 베고 그 모습을 지켜보았다. 누이는 복강 안으로 손을 넣어 쓸개며 위장, 신장 따위를 만져댈 것이다. 나는 부러운 나머지 피로 붉게물든 누이의 장갑을 쳐다보았다. 복강에 손을 넣어 그리하여 따뜻한 혈관에 둘러싸인 내장을 보게 되면 나라도그것들을 만져보고 싶을 터였다. 그녀는 누이에게 쇰쇠를 똑바로 들고 있으라고 호통쳤다. 쇰쇠를 들어 올리기위해 팔을 올리자 누이의 장갑에 맺혀 있던 핏방울이 팔

을 타고 겨드랑이로 흘러내렸다. 눈부시도록 붉고 맑은
피였다.

　수술은 고양이의 배를 봉합하는 것으로 끝났다. 떼어낸
자궁은 금세 악취를 풍기기 시작했다. 피로 뭉쳐진 덩어
리만 보아서는 그것이 자궁인지 심장인지, 허파인지 십이
지장인지 구별할 수 없었다. 그것은 고작해야 한 줌의 핏
덩어리에 불과했다. 여느 내장과 별반 다르지 않았다. 그
녀는 오랫동안 끓인 물을 식혔다가 자궁을 떼어낸 자리를
씻어주었다. 시간이 흐르면 내장들은 저절로 이동해 한때
생식기관이던 공간을 채울 것이다. 누이는 널브러진 고양
이를 힐끗 쳐다보고 피 묻은 장갑을 벗었다. 내가 달라고
손을 내밀었는데도 그것을 베란다 바깥으로 던져버렸다.
그리고 거즈에 소독약을 적셔 천천히 손을 닦았다. 그녀는
무엇보다 봉합에 특기가 있었다. 정말 다행이었다. 봉합이
엉망이었다면 고양이를 들어 올리는 순간 꿰맨 자리로 시
뻘건 핏덩이에 싸인 내장이 전부 쏟아졌을지도 모른다. 개
복과 봉합에 있어서만큼은 어쨌든 성공적인 수술이었다.
　수술이 끝나자 그녀는 곧 묘실墓室처럼 어둡고 좁은 방
으로 들어가버렸다. 방은 통풍이 잘되지 않아 고기 썩는

냄새가 났다. 다시 월경을 시작한 후 부쩍 기운을 잃은 그녀는 틈만 나면 까맣게 된 몸을 누였다. 누이도 기력이 다했는지 마루에 드러누웠다. 내장 전부를 들어낸 것처럼 많은 피를 흘린 고양이는 기진한 것 같았다. 칼자국이 난 고양이의 배를 쓰다듬어주었다. 고양이는 목울대를 쿨렁거렸고 몸을 조금 떨었다.

잠시 후 방에서 나온 그녀가 베란다 너머로 쓰레기를 던졌다. 덩어리로 뭉쳐 베란다로 날아가던 쓰레기 일부가 마루에 떨어졌다. 검은색과 핏빛이 뒤섞이고 불쾌한 냄새를 풍기는 세탁물이었다. 그녀는 이미 방으로 들어간 후였다. 나는 고양이가 흘린 다량의 검붉은 피를 떠올렸다. 연하면서도 깊고 화려하면서도 더러운 색이었다. 그녀가 떨어뜨린 쓰레기의 냄새를 맡아보았다. 까맣게 죽은 그녀의 피 냄새였다. 거울을 흐리게 하고 칼날을 무디게 하고 유리 접시에 금을 내고 점토 아래의 지렁이를 불러 모으고 다락의 쥐들을 미쳐 날뛰게 한다는 냄새 말이다. 이미 폐경이 된 그녀가 다시 피를 흘리는 것은 이상한 일이었다. 나는 누이를 깨워 쓰레기를 보여주었다. 누이는 늙어 죽기 전 다시 월경을 시작하는 경우도 있다더라고 했다.

늙어 죽기 전?

그녀의 나이를 짐작할 수 없어 되물었다. 늙어 죽기 전의 나이란 도대체 몇 살일까? 늙어 죽기에 적당한 때라도 있는 것일까? 알 수 없는 것은 그녀의 나이뿐이 아니었다. 누이의 나이는 물론이거니와 심지어 내 나이도 몰랐다. 나는 열일곱 소년이었다가 스물세 살 어른이 되기도 했다가 때로는 열두 살 꼬마가 되었다. 나이가 몇 살인가는 전적으로 그녀의 기분에 달렸다. 그녀는 어느 날 나를 낳은 것이 벌써 20년도 더 지난 일이라고 했다가 어느 날은 고작 열두 살밖에 되지 않은 것이 어미를 때린다고 욕했다. 태어난 해를 내가 기억하고 있을 리도 없었다.

언젠가 그녀에게 내 다리가 이렇게 된 것이 역병에 걸려서냐고 물은 적이 있었다. 그녀는 내가 태어난 때는 역병이 돌기 이전이라고 했다. 나는 역병이 돌기 이전의 시간은 잘 기억하지 못했다. 역병이 처음 돈 때가 언제인지도 알 수 없었다. 그저 세상은 역병이 맹렬할 때와 잠잠할 때의 두 모습으로 나뉘어 있었다. 나는 그 세계의 어디쯤에서 태어났으며 이미 아오이가든에서 살고 있던 그녀를 만났다. 몽정은 도시에 역병이 돈 이후 시작되었다. 오줌 대신 고름 같은 게 스며 나오는 걸 보고 역병에 걸린 줄 알고 겁먹었기 때문에 정확히 기억하고 있다. 그 후 벌써 여러 해가, 어쩌면 고작 몇 달이 흘렀는지도 모른다. 그걸 보면 나는 이미 사춘기를 통과한 나이라는 생각이 들었지만 자라지 못한 다리를 보면 열두 살도 안 된 소년 같기도 했다. 하지만 그녀가 누이와 내 나이는 고사하고 자신의 나이를 기억하고 있을지도 확신할 수 없었다.

죽기 전에는 누구나 다 피를 흘려. 어쩌면 자궁에 병이 든 건지도 몰라. 그러면 시도 때도 없이 피를 흘리다 죽게 된다더라.

누이가 돌아누우며 말했다.

엄마가 몇 살인데 벌써 죽을 때가 됐어?

죽을 때가 된 나이가 따로 있다고 생각하니?

누이가 쏘아붙이고 입을 다물어버렸다. 자기도 잘 모르는 얘기가 나와서였다. 언젠가 누이는 나를 서른일곱 살이라고 했다. 그러면서 자기는 나보다 서너 달 먼저 태어났다고 했다. 그렇게 말하는 누이의 얼굴은 채 열다섯 살도 되어 보이지 않았다. 우리 중 누가 손위인지도 구별할 수 없었다. 우리는 서로 반말을 했고 그녀도 우리더러 서로에게 말을 함부로 한다고 나무라지 않았다.

피와 냉과 오줌이 섞인 냄새가 손에 배었다. 누이의 몸에서도 냄새가 풍겼다. 역병이 도는, 버려진 거리에서 나는 냄새보다 지독했다. 냄새는 끊임없이 구역질을 일으켜 우리를 마르게 하고 피부를 까맣게 만들며 끝내는 내장을 썩게 할 것이었다. 불을 피워 피 묻은 수건을 그슬려도 냄새는 쉽게 없어지지 않았다. 누이는 힘을 주어 내게서 그것을 빼앗더니 검고 곱슬곱슬한 털로 뒤덮인 가랑이에 문지르기 시작했다. 가랑이가 찢어질 듯 아프다며 눈물을 흘렸다. 정말로 누이의 가랑이는 붉은 속이 들여다보일 정도로 찢어져 있었다.

그러지 마. 몸이 덜덜 떨리고 눈알이 튀어나올 거야. 내장이 터져서 죽을지도 몰라.

나는 누이에게 애원하며 누이가 쥐고 있는 수건을 빼앗아 불을 질렀다. 잠시라도 그것을 놓았다가는 누이가 다시 채 갈까 봐 아무리 뜨거워도 손에 쥐고 있었다. 수건을 태우던 불꽃이 내 살갗을 같이 태웠다. 손가락 두 개가 흐물흐물 녹아들어 물갈퀴처럼 달라붙었다.

살이 타는 냄새를 맡은 고양이가 다가왔다. 나는 축 늘어진 고양이의 머리를, 가슴과 배와 꼬리를 차례대로 쓰다듬었다. 꿰맨 자국이 울퉁불퉁 두드러진 게 불쌍해서 터질 듯이 가슴에 안아주었다. 너무 세게 끌어안아서인지 고양이가 내 배 속으로 기어 들어가버렸다. 있는 힘을 다해 구역질을 하면서 고양이를 뱉으려고 했다. 침에서 털이 조금 섞여 나왔다. 기침을 하자 목에 걸린 고양이 눈알이 튀어나오기도 했다. 누이는 배가 아픈지 인상을 쓰며 조심스럽게 자신의 둥근 배를 쓰다듬었다. 나는 고양이 때문에 메스꺼워진 속을 누르고 그 속에 든 게 아기냐고 물어보았다. 누이는 알 수 없다고 했다. 목까지 단추를 채운 옷을 입고 두꺼운 속옷을 갈아입지 않았으며 수풀에서는 줄곧 땅처럼 납작하게 엎드려 있었는데 갑자기 배가 부풀더라는 것이다. 나는 냄새나는 손으로 누이의 튀어나온 배를 쓰다듬었다. 누이가 소리를 질러댔다. 누이의 비명에 섞여 어디선가 나지막이 고양이가 가르릉거리는 것 같기도 하고 개구리 울음 같기도 한 소리가 들려왔다. 그녀는 방에서 꼼짝 않고 있었다.

죽은 고양일 어쨌니? 고양이는 어딜 간 거야?

누이가 헉헉거리면서 물었다. 입에서 고양이 냄새라도 나는 것일까? 그래도 상관없었다. 고양이는 내 속에서 얕은 숨을 내쉬고 있었다. 죽거나 사라진 것이 아니었다.

걱정 말아, 내가 안아주고 있어.

누이가 쯧, 하고 혀를 챘다.

그런 수술을 했으니 고양이는 벌써 죽었을 거야.

누이가 크게 한숨을 내쉬었다.

이제 엄마는 너를 죽일 거야. 고양이와 나는 죽은 것이나 다름없으니까.

누이는 그 말이 어떻게 들리기를 바랐을까. 내게는 그 말이 하나도 두렵지 않았다. 누이의 말은 전적으로 틀렸다. 나는 그녀 덕분에 살고 있었다. 간혹 그녀가 지어놓은 밥을 먹거나 끓여놓은 물을 마시며 목숨을 부지해서 하는 말이 아니다. 그녀 소유인 아오이가든에 기거해서도 아니다.

그녀가 있어야 나는 하루가 흐르고 중첩된 하루하루가 묶여 세계가 된다는 걸 안다. 시간이 흐르는 건 축복이었다. 나에게 시간이 흐르고 있음을 느끼게 하는 것은 오로지 그녀뿐이었다. 아침에 맞닥뜨린 그녀의 얼굴에서 나는 어제와 오늘 사이의 간극이 315만 년쯤이 될 수도 있다는 걸 느낀다. 매시 매분마다 나날이 늙어가고 있음을 보여주는 그녀의 살갗, 태초에 붉은색으로 태어났다가 시간과 함께 점차 옅어졌다가 종내는 시커멓게 변해버린 살갗. 그것이야말로 시간이 괸 호수인 동시에 다량의 시간이 만든 그림자였다. 나는 시간과 더불어 흘러가고 그리하여 내 몸이 늙어간다고 생각하지 않으면 견딜 수가 없다. 하루가 지나고 한 달이 지나고, 그렇게 1년이 지나 내가 늙어가는 걸 보면서 얻는 위안. 나는 그 위안 덕분에 산다고 해도 과장이 아니다. 내게 그런 위안을 주는 것은 나날이 더 늙어가는 늙은 그녀이다. 그녀의 월경을 참을 수 없는 것도 그 때문이었다.

그녀가 다시 피를 흘리기 시작한 것은 두 달 전이었다. 그 무렵 그녀의 살갗은 매끈한 빛깔을 완전히 잃고 묘한 녹색을 띠다가 점차 자주색으로 변하더니 급기야 까맣게 되었다. 안면이 팽창하여 툭 튀어나왔고 건조한 배가 불룩해졌으며 귀는 바짝바짝 마르기 시작했다. 코와 입에서 피를 흘리는 날도 있었다. 안구가 녹아내린 것처럼 꺼지기도 했고 살갗에 기포가 생겼다가 터지기도 했다. 그러던 어느 날 그녀가 자고 일어난 자리에 군데군데 얼룩이 배어 있었다. 다시 검은색 머리카락이 돋고 얼굴의 검버섯이 엷어지는 기미는 없었다. 그녀는 단지 젊은 누이처럼 소파나 식탁 의자, 방석에 피를 묻혔다.

어쩌면 내가 엄마를 죽일지도 몰라.

누이가 피식 웃으며 말했다. 나도 따라 웃었다. 우리는 그것이 허튼짓임을 잘 알고 있었다. 배를 쥐고 깔깔대며 웃느라 고양이 털이 한 움큼 섞인 기침이 터져 나왔다.

누이가 웃다 말고 다시 비명을 지르자 벽이 쩍쩍 갈라지면서 긴 틈을 냈다. 누이의 비명은 가랑이가 찢어지고 그리하여 우무질에 둘러싸인 개구리들이 튀어나올 때까지 계속되었다.

내가 지금 너를 낳고 있는 거니?

가랑이 사이로 빠져나오는 것을 보기 위해 고개를 들며 누이가 물었다. 피로 물든 누이의 가랑이에서 나온 것은 다리가 가늘고 몸통이 큰 개구리였다. 그것은 실로 나를 닮아 있었다. 어느 틈엔가 방에서 나온 그녀는 그럴 줄 알았다는 듯 우무질에 덮인 개구리를 차디찬 물에 씻겼다. 개구리들은 그녀의 손이 닿을 때마다 눈알이 터지도록 울음을 터뜨렸다. 그리고 터진 눈알에서 흘린 피로 몸을 물들였다. 태어난 것이 개구리라고 해서 당황한 사람은 우리 중에 아무도 없었다.

그녀는 베란다 유리창을 열었다. 거리의 냄새가 밀려들어왔다. 나는 구역질을 참지 못하고 배 속의 것을 게워냈다. 붉은 내장이 계속 쏟아졌다. 고양이의 것인지 내 것인지 헷갈릴 정도로 많은 양이었다. 꿰맨 자국이 있는 뱃가죽이 튀어나올 때까지 구역질은 멎지 않았다. 그녀는 수십 마리의 붉은 개구리를 바깥에 쏟아버렸다. 나는 개구리들을 따라 발돋움질을 했다. 그것들은 내 누이의 아이들이었다.

베란다를 넘는 일은 생각보다 쉬웠다. 가늘고 단단한 다리를 접었다가 훌쩍 튀어 오르니 바깥에 닿았다. 이윽고 거리의 냄새가 느껴졌다. 냄새만으로 아오이가든 너머로 나왔음을 알 수 있었다. 나는 마디가 달라붙은 두 손을 펴고 나뭇가지처럼 가벼운 다리를 벌린 채 비강을 활짝 열었다. 죽은 새끼들이 썩은 몸을 일으켜 긴 소리로 울며 낙하하는 나를 마중하였다.

맨홀

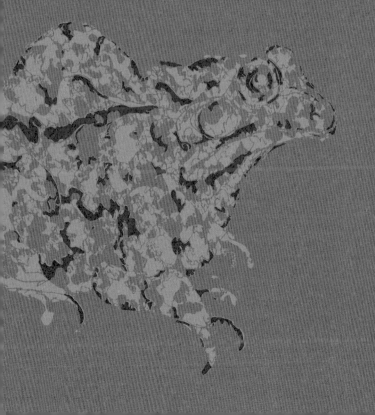

1

시 끝으로는 푸르스름한 갈색의 식물이 자라는 습지가 있다. 외곽에 가까워질수록 하천과 호수가 많은 소택지가 끝도 없이 펼쳐지고 소택지를 따라 북쪽으로 올라가면 습지에 닿는다. 그 너머의 너른 벌판이 C의 고향이다. 한여름에는 50도에 달하고 겨울에는 영하 32도까지 내려갈 정도로 기온의 변화가 극심한 곳이다. 연방 정부에 속해 있기는 하지만 이곳과는 모든 것이 다르다. 무엇보다 그곳은 1년의 대부분이 겨울이다. 여름은 꿈결처럼 순식간에 지나간다. 너무 짧아서 한나절 자고 일어나면 여름이 끝났다고 느껴진다. 50도 가까이 기온이 올라가다 어느 순간 급

강하하며 겨울이 시작된다. 해가 짧아지고 땅이 단단하게 언다. C는 겨울이 매우 길기 때문에 무엇보다 추위에 적응해야 그곳에서 살 수 있다고 했다.

문제가 되는 것은 적은 일조량이 아니다. 일조량은 생체에 치명적인 영향을 미치지 않는다. 기후만 견딜 수 있다면 그곳에서 지내는 삶은 그다지 어렵지 않다. 얼기와 녹기를 반복하는 토양층에서는 기후와 지질을 견디는 생물만 살아남는다. 이끼류 같은 선태식물이 그것이다. 땅은 지나치게 습윤해서 관엽식물이나 침엽수가 자라기에 적당하지 않다. 그렇다고 이끼만 그 넓은 땅을 차지하고 있는 것은 아니다. 곰이나 여우, 족제비 들도 그 땅에 자리를 잡았다. 그들은 천적으로부터 자신을 보호하기 위해 흰 털을 가졌다. 흰 털이 없는 사향소나 순록 같은 초식동물도 산다. 그들은 커다란 몸집 덕택에 추위를 이겨낸다. 덩치가 조금만 더 작았다면 그곳의 기후에 적응하지 못했을지도 모른다. 빠른 발 외에 별다른 보호 수단이 없는 그들은 자주 여우나 곰에게 때로는 족제비에게 잡힌다. 육식동물이 그들의 몸통에 날카로운 이빨을 박을 때면 눈 위에 빨간 피가 후드득 떨어진다. 아이들은 그걸 핏꽃이라고 부른다. 핏꽃이 피어난 자리에서 육식동물의 생장터가 있는 곳까지 죽은 초식동물이 흘린 피가 길을 만든다. 핏꽃을 발견하는 건 행운이다. 사냥꾼들은 그 길을 따라가 육식동물에게 총구를 겨눈다. 그들은 방심한 육식동물을 잡는다. 대개는 초식동물을 사냥해 생계를 꾸려간다. 바다에서 잡은 고기를 정부 기관에 팔아 먹고사는 사람도 있다. 그 수는 많지 않다. 대개는 사냥꾼이거나 사냥꾼의 가족이다. 그곳에는 모기와 파리 같은 곤충도 산다. 곤충들은 햇빛에서 많은 열을 흡수하기 위해 어두운 갈색으로 채색된 몸을 가졌다. 새는 대부분 철새로 둥우리를 치고 털갈이를 하는 기간에만 그곳에 머문다.

그리고 레밍이 있다. 레밍은 덩치가 크지 않고 흰 털을 가지고 있지도 않다. 그들은 눈 밑으로 굴을 파고 들어가 풀과 사초의 뿌리를 뜯어 먹는다. 설치류답게 갉아 먹는 일과 땅을 파는 일을 잘한다. 육식동물의 침해도 그곳의 변덕스러운 기후도 지하에서라면 견딜 수 있다. 그래서 레밍은 좀처럼 잘 죽지 않고 오히려 왕성하게 번식한다. 그러다가 어느 순간 종족의 대부분이 북극해의 차가운 바닷속에 몸을 던져 죽는다. 학자들은 갑작스러운 투신의 원인을 오랫동안 밝혀내지 못했다. 종족 수가 급격히 증가해 식량이 바닥나면 그들은 살던 곳을 떠나 거대한 무리를 지어 먹을 것이 풍부한 땅으로 이동한다. 레밍 무리는 미친 듯이 산을 넘고 강과 호수를 건넌다. 새로운 서식지를 찾아 궁핍과 피로에 지친 여행을 해나가다 북극해를 만나면 주저 없이 그리로 뛰어든다. 학자들은 그 행위를 개체 수를 적절하게 유지하려는 생태계의 본능으로 결론지었다.

C는 말했다. 굶주림에 목이 타오른 레밍 무리는 빨간 눈으로 순록보다 빨리, 순록을 쫓는 여우보다 빨리 바다를 향해 달려간다고. 바다로 뛰어들 때 그들의 눈은 그제야 붉은 기운을 털어버리고 훌훌 가벼워진다고. C는 그곳에서 가족과 함께 에스키모 장화를 신고 순록 가죽옷을 입고 살아왔다.

2

석탄.

C가 자신 없는 목소리로 천천히 대답했다. 카드에는 성냥이라고 씌어져 있었다. 안대를 풀어 답을 확인한 C는 진물이 흐르는 눈을 닦지 않고 내버려두었다. C는 검은 안대로 눈을 가리고도 무슨 낱말이건 읽어낼 수 있었다. 잘 보

지 못하게 된 것은 시력이 나빠진 탓이었다. 얼마 전부터 C의 눈에서는 누런 고름이 섞여 흐르기 시작했다.

여기가 너무 어두워서 그럴 거야. 이따 과학관에 가서 다시 해보자.

C는 담배를 비벼 끄며 고개를 끄덕였다. 그러다가 갑자기 내 손을 잡아끌고 송수관 아래로 미끄러져 들어갔다. 뚜껑을 들어 올리기 위해 만들어놓은 조그마한 틈으로 단속반의 회중전등 불빛이 스며 들어왔다. 단속반은 호루라기 소리를 내지도 않고 사이렌을 울리지도 않고 갑자기 나타난다. 그래도 우리는 통행인이 분주히 오가는 중에 단속반의 기척을 알아챌 수 있다. 나는 그것을 오랜 맨홀 생활 끝에 터득한 감이라고 생각했는데 C는 시각적 정보라고 일축했다. 맨홀 뚜껑의 좁은 틈으로 불빛이 스며들 때가 바로 그들이 오는 때라는 것이다. 단속을 위해 맨홀 뚜껑을 열기 전 먼저 회중전등을 켜는데, 그 불빛이 좁은 구멍으로 스민다. 단속반은 비정기적으로 들이닥친다. 시내 곳곳에 있는 맨홀 안을 수색해 그곳에 사는 아이들을 찾아내서 보호시설로 보내는 게 그들의 일이다.

우리는 맨홀에 산다. 거대하고 단단한 쇳덩이라는 뜻으로 맨홀을 탱크라고 부른다. 흔히 생각하듯 맨홀이 냄새나고 좁은 구멍만은 아니다. 가스 냄새가 풍기는 데다 쥐가 드나들고 좁고 가느다랗게 얽힌 배관 파이프로 채워져 있기는 하지만 세상 어느 곳보다 따뜻하고 안락한 곳이다. 우리가 사는 맨홀은 사람들의 통행이 많은 거리나 시장 혹은 대규모 아파트 단지 부근에 있다. 그런 곳은 대부분 시내 중심지라서 쓰레기가 많아 먹을 것을 찾기 쉽다. 인파 속에 섞여 있으면 눈에 잘 띄지 않아 숨기도 좋다. 맨홀은 섭씨 100도가 넘는 물이나 그보다 더 높은 온도로 압축된 증기가 온수관을 오가기 때문에 실내처럼 따뜻하다. 실은 온도와 압력이 높아 언제 터질지 모르는 실정이지만 우리는 그런 것에 개의치 않는다.

우리는 오래전에 집을 나왔다. 생계 걱정뿐인 부모는 아이를 낳아 노동력을 확보하는 게 살길이라고 생각했다. 그러자니 대가족을 택할 수밖에 없었다. 우리 대부분은 여덟이나 아홉, 많게는 열넷이나 자식을 낳은 부모를 가졌다. 어린 우리는 자라는 동안 빵과 우유와 소량의 고기를 축낸다. 돈을 벌어 올 만큼 성장하려면 시간이 오래 걸린다. 부모는 그 시간을 버틸 만한 경제력이 없어서 우리를 방치했다.

형제들 중 일부는 제정 시대 궁전이 남아 있는 도시로

홀러 들어갔다. 도전적인 성향의 형제는 사냥을 배우러 습지 너머로 갔다. 도시로 들어온 형제들은 뿔뿔이 흩어졌지만 간혹 시내 여기저기의 맨홀 속에서 만나곤 한다. 시가지는 넓고 맨홀은 아주 많기 때문에 그런 우연은 드물게 벌어진다. 형제들은 좀더 따뜻하고 안락한 맨홀과 단속반에 잘 걸리지 않는 맨홀에 대한 정보를 나눈 후 다시 헤어진다. 가족이라고 해서 딱딱한 빵을 나눠 먹거나 좁은 맨홀에 모여 함께 살 수는 없는 노릇이다. 사냥을 배우러 간 형제 얘기나 가난한 부모 소식을 들을 수는 없다. 부모는 우리를 찾지 않는다. 종종 단속반에 걸려 아동보호 센터에 가면 부모와 연락이 닿기도 한다. 그래도 부모는 우리를 만나려 하지 않는다. 그들은 언제나 가난하고 덜 자란 우리는 돈도 벌지 못하면서 여전히 식량을 축낸다.

단속반은 철통으로 된 둥근 뚜껑을 들어 올리고 회중전등을 비추며 막대기로 여기저기를 쑤신다. 송수관 파이프에 미처 몸을 숨기지 못한 우리 중 일부는 그들을 따라 센터로 가야 한다. 우리는 종종 잡힌다. 대개는 잡히지 않는다. 결코 아무도 잡히지 않을 수는 없다. 아무도 잡지 못하면 그들은 다음 날 다시 온다. 다음 날도 잡지 못하면 그다음 날 다시 온다. 그래서 우리는 종종 잡힌다. 어쨌든 국가 시설인 아동보호 센터를 무작정 놀릴 수 없는 노릇이니까. 적정 인원을 채워야 국제기구의 원조가 지속적으로 이어진다. 센터 직원이나 단속반, 그리고 관료 중 일부는 그 원조금으로 먹고산다. 그들은 늙고 병든 홈리스보다 의무교육 기간도 채우지 못한 아동을 찾으러 다니는 걸 좋아한다. 아동 홈리스로 인해 정부는 재정의 손실을 일부 충당했다. 아동 홈리스에 대해서라면 국제기구가 지속적인 관심을 보인다. 이제 막 정치와 경제 체제를 바꾼 정부는 아동보호 시설 관리에 만전을 기한다. 구호물자를 처치하기 위해서라도 우리는 주기적으로 센터에 들어가야 한다.

경찰과 단속반이 맨홀에서 찾는 것은 시궁쥐처럼 더러운 아이들과 그들이 잎으로 말아놓은 대마초와 피우다 만 담배 몇 개비, 그리고 이미 다 쓴 본드 통 따위의 시시한 것들이 전부이다. 간혹 단속반은 뜻하지 않은 수확을 거둔다. 맨홀 안에 널브러진 아이와 함께 마약을 찾을 때가 있다. 아주 드문 경우다. 마약상들의 중간책 역할을 하는 아이들조차 맨홀 속에 마약을 숨겨놓지는 않는다. 수시로 단속반이 뜨고 수십 명의 아이가 드나드는 맨홀에서 뭔가 숨기기란 쉽지 않다. 그러느니 차라리 콘돔에 마약을 담아 목구멍으로 삼키는 게 낫다. 아이들은 수시로 남의 맨홀을 차지하고 다른 녀석의 물건을 빼앗는다. 마약을 뺏기는 것은 소지품을 뺏기는 일에 비할 바가 못 된다. 자칫하면 마약상이 부리는 사람에게 죽임을 당할 수도 있다. 매질을 견디다 못해 죽어가는 것은 별로 유쾌하지 않다.

회중전등이나 막대기로 우리를 찾지 못하면 단속반은 직접 맨홀 안으로 기어 내려온다. 맨홀로 들어오려다 굵고 긴 다리가 파이프에 걸리거나 머리를 부딪힌다. 어른의 굵은 다리가 통과하기에 송수관 틈은 매우 좁다. 살갗이 다 벗어지도록 끼인 다리를 빼내려고 몸을 비트는데, 그럴수록 더 죄어올 것이다. 하지만 그 사실을 가르쳐줄 방법은 없다. 이미 우리는 납작하게 엎드려 다른 구멍 속으로 기어가고 있기 때문이다.

단속반 불빛이 사그라들고 어수선하던 발소리가 멀어진 후에도 우리는 잠시 송수관 아래 엎드려 있었다. 이윽고 C가 담배에 불을 붙이며 고개를 들었다. 매캐한 냄새가 퍼졌다.

그들이 다시 올까.

진물이 흐르는 눈을 닦으며 C가 말했다. 말을 할 때마다 입 냄새가 풍겼다. C는 자기 몸이 썩고 있다고 했다. 맨 처음 눈이 썩기 시작하더니 이제는 입이 썩어간다고. 곧 아이도 썩을지 모른다. 아이는 커다랗게 부푼 C의 배 속에 있다. C의 배는 터지기 직전의 풍선처럼 가느다란 살가죽에 둘러싸여 있다. 그런데도 날마다 조금씩 더 부푼다. 아이가 죽는다면 C의 생각대로 썩어서 죽는 게 아니라 양수에 익사할 것만 같다. C는 몸이 다 썩어버리기 전에 태어난 곳에 가보고 싶다고 했다. 그곳에서는 눈과 입이 썩지 않았으며 따뜻한 에스키모 신발도 신을 수 있었다. 맨홀 속의 온화한 기후가 C에게 맞지 않는 것인지도 모른다. 나는 C를 안심시키려고 세금 징수원이 되어 그곳에 보내주겠다고 약속했다.

네가 세금을 걷는다고 네 주머니 속으로 들어가는 게 아니야. 다 정부가 가져. 20년 동안 장부에 고개를 처박고 일을 하다가 늙어서 눈이 안 보이면 한 푼 못 받고 쫓겨날 거야. 일하면서 번 돈을 하나도 쓰지 않고 모아야 겨우 고향에 갈 수 있을걸.

담배 연기를 내 쪽으로 뿜으며 C가 말했다. 나는 아무 대꾸도 하지 않았다. 내가 아는 돈과 관련한 유일한 직업이 세금 징수원이다. 세금 징수원이 될 수 없다면 나는 결국 아무것도 될 수 없을 것이다.

차라리 눈을 치료해서 초능력을 되찾는 게 더 빠르겠

어. 진물이 흐르고 눈곱이 끼지만 않는다면 다시 전부 볼 수 있을 거야. 네가 세금 징수원이 되는 것보다 빠를걸. 더 구나 곧 혁명이 일어날 거야. 원래 그렇대. 체제가 바뀌었 다고 하루아침에 살기 좋은 세상이 올 리 없잖아. 불만이 쌓이면 혁명이 일어나게 마련이야. 혁명가들이 제일 싫어 하는 직업이 뭔 줄 알아? 바로 세금 징수원이야. 사람들은 세금 징수원을 시민의 피를 빨아먹는 흡혈귀라고 생각해. 정부의 앞잡이로 여겨. 혁명이 일어나면 네가 제일 먼저 죽을걸.

C는 연신 입 냄새를 풍기며 말했다. 냄새를 맡지 않기 위해 숨을 참다 보니 가슴이 벅차올랐다.

그래도 나는 세금 징수원이 될 거야. 혁명이 일어나기 전에 세금을 횡령해서 달아나면 돼.

그렇게 말하고 나는 조금 놀랐다. 한 번도 이곳을 떠나 고 싶다고 생각해본 적 없기 때문이다. 이곳을 떠난다 해 도 갈 만한 곳이라고는 아동보호 센터나 국제기구에서 만 든 임시 수용소뿐이다. 부모에게 돌아가거나 형제를 만나 함께 살 수는 없다. 그래도 돈을 벌면 C를 습지 너머로 다 시 보내고 나도 그곳으로 따라갈 것이다. C는 어깨를 으쓱 올렸다 내릴 뿐 더는 말하지 않았다.

한참 지난 후 맨홀 뚜껑을 열고 조심스럽게 고개를 내밀었다. 단속반에 잡히지 않은 아이 몇 명이 바깥을 살피고 있었다. C를 먼저 밀어낸 후 나도 바깥으로 나왔다. 맨홀을 드나들 때마다 C는 딱딱한 배가 부딪혀서 아픈지 신음을 했다.

밖으로 나온 아이들은 끼니를 해결하기 위해 여기저기로 흩어졌다. 우리 중 일부는 쓰레기를 주워다 고물상에 판다. 모두 함께할 수 있는 일은 아니다. 불황이 계속되면서 쓰레기 양도 많이 줄었다. 소각장에서 쓰레기를 뒤지다가 더러 귀중한 것을 발견하기도 한다. 잘못 휩쓸려 들어온 금반지나 소매치기가 돈을 꺼내고 버린 멀쩡한 지갑, 새것이나 다름없는 주물 프라이팬 같은 것들이다. 운이 아주 좋아야만 가능한 일이다. 평소에는 종일 헤매고 다녀도 기껏 한 끼 밥값도 벌지 못한다.

소각장을 뒤지는 것은 두려운 일이다. 얼어 죽은 아이의 시체를 볼 수도 있기 때문이다. 거리에서 죽은 아이들은 그냥 소각장에 버려진다. 소각장에는 다양하고 불쾌한 냄새가 끊이지 않기 때문에 시취가 묻힌다. 쓰레기를 뒤지다가 시커멓게 썩은 몸통이나 얼굴을 볼 때면 우리가 또하나의 쓰레기가 되어 소각장에 던져지는 처지가 될 것을 깨닫고 경악하지만 그렇다고 해서 달라지는 것은 없다. 우리 중 일부는 여전히 쓰레기를 줍고 일부는 지게꾼이 되어 하루를 산다. 인근 시장에서 지게에 짐을 실어주고 돈을 버는 일도 운이 아주 좋아야만 얻을 수 있다. 그나마 누군가가 짐을 갖고 도망가 고물상에 팔아버리는 바람에 상인들은 우리에게 일을 잘 주지 않는다. 일을 하지 않는 아이들은 구걸을 하거나 굶는다. 일부 덩치 큰 녀석들은 끼리끼리 어울려 몰려다니며 으슥한 밤길을 지나는 사람의 지갑을 턴다. 그마저 여의치 않으면 단속반에 순순히 잡히면 된다. 보호 센터에 들어가면 씻을 수 있고 수월히 끼니를 챙길 수도 있다.

C는 눈만 나으면 먹고사는 것쯤은 일도 아니라고 장담했다. 검은 안대로 눈을 가리고도 책을 술술 읽던 때가 있었다. 눈에서 진물이 흐르지 않고 입에서 썩은 내가 나지도 않고 배도 불러오기 전, 습지 너머에 살던 때의 일이다.

장난삼아 눈을 가리고 동생이 들고 있던 낱말 카드를 읽으면서 C의 초능력이 시작되었다. 궁전, 성냥, 염소, 신발 같은 낱말이 적힌 카드일 때도 있었고 노랑, 빨강, 파랑이 칠해진 색깔 카드일 때도 있었다. 동생에게 카드를 받아 들고 손으로 잠시 더듬어가면 검은 눈앞에 카드의 영상이 떠올랐다. 희미하게 글씨가 일렁이다가 이내 사라졌다. 그 순간은 아주 짧기 때문에 집중하지 않으면 놓치기 십상이다.

우연이라고 생각한 초능력이 계속되자 C의 동생 일곱 명은 호들갑을 떨며 놀랐다. 어머니도 마찬가지였다. C는 무엇이든 검은 안대로 눈을 가리고 손으로 더듬어 살폈다. 그러면 안대 너머의 세계가 조금씩 선명해졌다. 낱말 카드나 색깔 카드를 직접 손으로 만지지 못하는 경우는 마음이 불안해서인지 안대 너머로 검뿌연 영상이 지나갔다. 반드시 카드를 제 손으로 만져야 글씨를 읽고 색깔을 알아맞힐 수 있었다. 동생들과 어머니는 C의 눈이 특별하다고 생각했다. 어쩌면 손가락이 특별한 것인지도 몰랐다. C는 집안일에서 제외되었다. 수렵한 가죽의 털을 벗기는 일이나 무두질, 고기를 잘라 굽는 일을 하지 않아도 되었다. 육식동물이 타는 연기에 눈이 상하거나 무두질을 하다가 손가락을 다치면 안 되기 때문이었다.

C가 보지 못하게 된 것은 아버지 탓이었다. 어머니와 일곱 동생은 C 덕분에 가난에서 벗어나리라 기대했다. 기온차가 큰 마을을 떠나 구시대 궁전이 있는 시가지에서 살수 있으리라고. 신이 난 식구들은 연신 C의 눈앞에 카드를 들이밀었다. C가 카드를 맞히는 속도는 점점 빨라졌다.

검은 안대를 하고도 책을 술술 읽는 지경에 이르렀다. C가 정부 관료 앞에 나가서도 저렇게 안대로 가리고 글자를 읽을 수 있다면, 그래서 텔레비전 프로그램에 초청이라도 받는다면. 어머니는 C의 아버지에게 이 사실을 비밀스럽게 털어놓았다. 오랜 유목 생활 끝에 시 외곽에 정착한 C의 아버지는 뛰어난 사냥꾼이었다. 그는 순록이나 산양, 때로는 털이 흰 곰을 잡아다 팔았다. 대개는 장총을, 가끔은 도끼를 휘두르는 아버지의 몸에서는 늘 피 냄새가 났다.

아버지가 C 앞에 바짝 다가와 앉았다. 코가 아릴 정도로 비린 육식동물의 냄새가 풍겼다. C는 머리가 어지러웠다. 안대를 하자 시야가 까맣게 흐려졌다. 어머니는 낱말이 적힌 종이를 C에게 건넸다. 검은 장막 위로 서서히 글씨가 떠올랐다. C는 더듬거리며 그 낱말을 말했다. 돈이라는 글자였다. 불쾌한 아버지의 숨소리가 가까이에서 느껴졌다. 아버지가 C를 빤히 쳐다보고 있다는 것을 알 수 있었다. 냄새가 숨을 조여왔다. 안대 너머의 세계가 이렇게 갑갑하게 느껴진 적은 처음이었다. 피 냄새 때문에 C는 코를 틀어막았다.

C에게서 몸을 뗀 아버지는 자신이 종이를 들고 있을 테니 읽어보라고 했다. 아버지는 카드에 직접 뭔가 쓰더니

종이를 자기 가슴께에 가져다 댔다. C는 그가 있는 쪽으로 고개를 돌렸다. 앞을 볼 수 없게 된 것처럼 세상이 온통 어두웠다. 종이 바스락거리는 소리, 아버지가 침을 꿀꺽 삼키는 소리, 어머니가 초조하게 마룻바닥을 걷는 소리, 동생 일곱이 번갈아가며 어서 맞히라고 채근하는 소리가 뒤섞였다. 정신을 집중하고 싶었으나 아버지의 냄새가 방해가 됐다. C는 코에 걸쳐진 안대 틈으로 아버지의 신발을 내려다보았다. 축축하게 젖은 신발에는 흙과 피딱지가 엉겨 붙어 있었다. C는 구역질이 나려는 것을 간신히 참고 아버지를 향해 안대로 가린 눈을 들었다. 다시 정신을 집중하여 종이를 쳐다보았으나 글자가 떠오르지 않았다. 안대로 희미하게 전등 불빛이 스몄다.

C는 종이를 만져보겠다며 손을 내밀었다. 아버지가 C의 손을 철썩 소리가 나도록 때렸다. C는 검은 허공을 향해 천천히 카드에 적힌 글자를 말했다. 가난. 아버지가 제일 많이 하는 말이 그것이었다. 아버지는 안대도 풀지 않은 C의 머리통을 후려갈겼다. 이 못된 년 봐라. 어디서 거짓말이냐. 이러고 돈을 벌러 관청에 갔다가는 온 식구가 감옥에 갇힐 뻔했다. 아버지는 화가 풀리지 않는 듯 계속 C를 때렸다. 실망한 어머니와 일곱 동생이 아버지에게 맞는 C를

그대로 두고 그 방을 떠났다.

두들겨 맞느라 검은 안대가 풀렸다. 카드에 적힌 낱말이 보였다. 거짓말이라는 글자였다. C는 자신이 볼 수 없다는 걸 믿을 수 없어서 다시 안대로 눈을 가리고 계속 낱말 카드를 들어 보았다. 모든 낱말이 다 보였다. 아버지에게 얻어맞기는 했지만 다행히 능력이 사라진 것은 아니었다. 아버지가 없는 곳이라면, 피 냄새가 나지 않는다면 여전히 뭐든 볼 수 있을 것이다. 그래서 C는 집을 나왔다. 검은 수면용 안대와 낱말 카드와 색깔 카드를 들고, 에스키모 신발과 순록 가죽옷은 벗어둔 채로.

3

과학관은 부서진 채 방치되어 있었다. 전쟁은 지난 세기에 끝났지만 과학관은 전쟁의 잔해를 여태 그대로 간직하고 있었다. 일그러진 지붕, 무너져 내린 콘크리트 더미, 천장이 뚫린 서고, 녹이 슨 철물까지. 재정 문제로 허덕이는 정부는 기초과학에까지 예산을 배정할 수 없었다. 기회가 닿은 과학자들은 다른 나라로 망명했다. 형편이 좋은 경우에나 그랬다. 그렇지 못한 과학자들은 공장에서 신발 밑창에 댈 고무를 만들거나 내구성과 보온성이 강한 자재를 개발하는 일을 맡았다. 어쨌든 제대로 된 과학자는 하나도 남아 있지 않다는 소문이 떠돌았다.

C 때문에 과학관까지 오는 데 너무 오래 걸렸다. C는 몸이 무거워서 빨리 걷지 못했다. 아기가 언제 태어날지 알 수 없었다. C는 배가 부풀기 시작한 것이 불과 4개월 전이라고 했다. 지난번 시내를 어슬렁거리고 있을 때 만난 노파는 C의 배를 보더니 이미 산달이 지난 거 아니냐고 물었다. 고물상을 하는 나이 든 여자는 C에게 임신한 배가 아니라고 했다. 영양실조로 그렇게 되기도 한다는 것이다. 거리에서 만난 한 여자는 이제 8개월 정도 된 듯 보인다고 했다. 내가 C를 만난 석 달 전에도 C의 배는 잔뜩 부풀어 있었다. 배 때문에 C는 다리를 벌리고 어기적어기적 걸었으며 부른 배를 지탱하려고 허리에 손을 얹었다.

C는 과학관에 오는 것을 좋아했다. 넓은 유리창이 햇볕을 모아 따뜻했고 다른 곳에서는 볼 수 없는 신기한 물건이 많아 구경하면서 시간을 보내기 좋았다. 찾는 사람이 거의 없었고 가끔 관리인이 나타나면 무너진 건물 뒤로 몸을 숨기기에도 좋았다. 정부는 과학관 재건을 위한 기금

을 모금 중이었다. 오래 계속되어온 불경기에 인플레이션이 겹쳐서 기금은 쉽게 모이지 않았다. 사람들은 정부가 하는 일에 돈을 잘 내지 않았다.

전쟁을 겪으면서 과학관은 한쪽이 붕괴되었다. 어떤 사람들은 과학관이 폭격당하면서 그리로 방사능이 유출되었다고 했다. 폭격 이후 인근 지역에서 한동안 기형아 출생률이 급격히 늘었다. 엉덩이에 혹이 달리고 뇌가 없기도 하고 윗입술이 갈라졌거나 발가락이 여섯 개인 아이들이 혹도 없고 뇌도 있고 입술도 온전하고 발가락이 다섯 개인 아이들보다 곱절은 많이 태어났다는 것이다. 하지만 그런 아이들은 방사능 때문이 아니더라도 태어났고 어딘가에서 길러졌으며 그리고 버려졌다.

과학관의 모든 방은 녹이 슨 단단한 철문으로 막히고 자물쇠로 잠겨 있었다. 우리는 부서진 벽을 통해 건물 안으로 들어갔다. 난방을 안 한 지 오래되어 냉기가 도는 복도는 곰팡이가 슬어 얼룩이 져 있었다. 눅눅한 냄새 가운데 희미하게 탄약 냄새가 떠돌았다.

과학관에서 우리가 가장 좋아하는 곳은 전면이 유리로 된 화학 실험실이었다. 그 방도 철문으로 닫혀 있었지만 바깥과 면한 쪽이 유리로 되어 있어 내부가 훤히 들여다

보였다. 우리는 넓은 창에 매달려 실험실을 살폈다. 전쟁을 무사히 넘긴 실험실에는 온통 신기한 물건들뿐이었다. 불을 지피는 구식 화덕, 여러 개의 관이 달린 증류기, 괴상한 모양의 유리 플라스크, 약품을 빻는 도자기 그릇, 그리고 비밀의 언어로 씌어졌을 오래된 책들. 우리가 커다란 유리창 앞에서 시간을 보내는 동안 실험실을 드나드는 사람은 한 명도 없었다. 하지만 밤사이에 화학자들이 다녀가는 모양이었다. 자세히 보면 간밤에 사람이 머문 흔적이 흐릿하게 느껴졌다. 어느 날은 도자기 그릇에서 미세하게 약품 가루가 날렸고, 어느 날은 플라스크에 전날 없던 액체가 담겨 있었다. 그건 벽에 걸린 초상화의 주인들이 하는 짓일 수도 있었다. 그들은 중세풍의 옷을 입고 곱슬거리는 머리치장을 하고 있었다. 얼굴이 너무 경직되어 있어서 왜 비밀 실험을 했느냐고 다그치면 금방이라도 울음을 터뜨릴 듯 보였다.

사실 과학관의 다른 방에도 그런 것은 어디에나 있었다. 높은 벽에 굳은 얼굴의 초상화가 걸려 있고 탁자에 플라스크나 증류기 따위가 어지럽게 놓여 있었다. 하지만 그 방에는 건물의 다른 어느 방에도 없는 물건이 있었다. 육식동물의 해골, 금 간 조각들을 붙여놓은 두개골, 형질을 알 수 없는 동물의 뼛가루, 말린 말똥, 포르말린에 담긴 긴 꼬리원숭이, 역시 포르말린에 담긴 커다란 손, 박제된 독수리, 말린 동물의 눈알, 그리고 부적으로 보이는 붉은 종이까지.

햇살이 넉넉히 비쳤고 적당히 자란 풀들이 신발을 신지 않은 발목을 간질였다. 나는 C의 머리를 쓰다듬거나 살갗이 얇아 푸른 핏줄이 도드라진 배를 조심스럽게 만졌다. C는 담배를 피우며 습한 눈과 입을 말렸다. 몸이 썩지 않기 위해서 햇빛은 반드시 필요했다. 우리는 유리창에 얼굴을 들이대고 화학실을 넘보거나 낱말 카드와 색깔 카드를 꺼내 C가 알아맞히는 놀이를 했다. C가 집을 나올 때 가지고 온 카드는 네 귀퉁이가 아스러졌다. 물에 젖어 낱말이 잘 보이지 않는 카드도 있었지만 그것 말고 우리가 가진 카드는 없었다. 우리는 카드를 만들 갱지나 심이 진한 연필을 구하지 못했다.

C는 내게 낱말 카드를 한 장씩 건네달라고 했다. 눈곱이 끼고 진물이 흐르는 눈을 검은 안대로 가리고 있어서 C는 글자를 잘 읽지 못했다. 낱말이 보이지 않을수록 C는 고개를 조금씩 뒤로 젖혔다. 눈을 내리깔고 안대와 콧등 사이 틈으로 낱말 카드를 살피는 C의 검은 눈동자가 보였

다. 안대가 콧등에 걸쳐지면서 약간의 틈을 만드는데, C는 그리로 눈을 내리깔아 낱말을 읽었다. 나는 C와 눈이 마주치지 않도록 조심했다. C가 뜸을 들이다 카드에 적힌 낱말을 대면 나는 정답을 맞혔다는 의미로 박수를 쳤다. 안대를 풀고 정답을 확인한 C는 아주 만족스러운 표정을 지었다. 맨홀 속에서는 낱말이 잘 보이지 않았다. 콧등 틈으로 글자를 읽기에 너무 어두웠기 때문이다. 육식동물의 피 냄새가 나는 아버지 앞에서도 낱말은 보이지 않았다. 카드를 아버지가 들고 있었기 때문이다.

C와 나는 화학실 유리에 얼굴을 갖다 댔다. 우리는 늘 실험실에 들어가보고 싶었다. 얼굴의 털이 빳빳하게 서 있는, 포르말린에 담긴 원숭이를 가까이 들여다보고 싶었다. 살이 하얀 어른의 손과 악수하고 싶었고 육식동물의 뼈를 갈아 만든 가루를 혀끝에 찍어 맛을 보고 싶었다. 박제된 동물의 눈알을 사탕처럼 빨아 먹고 코에서 김이 나올 때까지, 다른 존재로 변신할 때까지 색색의 액체를 들이마시고 싶었다.

우리가 실험실을 들여다보고 있는 동안에는 시간도 멈추는 것 같았다. 해는 저물지 않았고 바람도 불지 않았다. 가끔 저벅거리는 발소리가 들렸지만 풀밭에서 숨어 지내는 커다란 들고양이가 내는 소리였다. 우리는 배가 고파져서야 유리창 앞을 떠났다. 그러면 다시 바람이 불고 해가 조금씩 이울며 시간이 흐르기 시작했다. 시간이 흐르는 게 우리가 느낀 허기 때문인지 과학관을 떠나왔기 때문인지는 알 수 없었다.

4

C는 아기를 낳다가 죽을 것 같다고 했다. 썩은 탯줄 때문에 아이가 이미 배 속에서 죽은 것 같다고도 했다. 나는 C의 눈이나 입이 썩어서 아이에게 전이된 게 아니라 썩어서 배 속에 자리를 튼 아이가 C의 몸 곳곳을 썩게 한다고 생각했다. 나는 고통을 호소하는 C의 배를 쓰다듬었다. 이렇게 배를 만지면 아이가 얼른 빠져나올 것 같았다. C는 복통을 참으려 신음을 냈다. 깊고 고불고불 연결된 맨홀 속으로 C의 신음이 퍼져 나갔다.

머리 위로 하얀빛이 쏟아져 들어왔다. 단속반이었다. 내 쪽으로 회중전등을 비추고 있어서 단속반의 얼굴이 보이지 않았다. 어째서 오늘은 빛이나 발소리도 없이 단속반이

들이닥쳤는지 모를 일이었다. 어제의 단속이 신통치 않았을 수도 있었고 누군가 3번가의 스물세번째 맨홀에 기거하는 아동이 있다고 신고했을 수도 있었다. 시민이 신고했을 수도 있었고 맨홀에 사는 아이들이 신고했을 수도 있었다. 같은 처지라고 하더라도 그런 일은 흔히 일어났다.

나는 잠자코 단속반을 따라 바깥으로 나왔다. 곧 C도 끌려 나왔다. 단속반은 C를 보고도 놀라지 않았다. 근처에는 C와 같은 아이가 많았다. 곧 아기가 나올지 모르는 상황이므로 어쩌면 C는 센터에 들어가는 게 나을지 모른다. 이로 탯줄을 끊는 것보다야 소독된 가위로 자르는 게 낫다. C는 부푼 배 때문에 미혼모 센터로 들어갈 것이다. 하지만 오래 머물 수는 없다. 거기서는 강제로 아이를 해외 입양 보내는 일에 관한 동의서를 작성한다고 했다. 짧은 기간 몸을 푼 다음 직업훈련을 받을 것이다. 그러다가 곧 공장에 취직을 하고 숙련공이 될 때까지 저임금으로 노동하게 될 것이다. 나는 눈을 부릅뜨고 죽더라도 과학관 앞으로 도망쳐 오라고 C에게 소리치다가 단속반에게 곤봉으로 머리를 맞았다. 단속반은 내 몸을 뒤져 주머니에 든 푼돈과 담배를 빼앗았다. 손을 뒤로 돌리게 한 후 포승줄로 묶고 차에 태웠다. 차에는 함께 보호 센터로 가게 될 아이가 여럿 타 있었다. C를 태운 차는 이미 사라지고 없었다.

보호 센터는 시의 중심부에 있었다. 국제기구에 소속된 사람들이 자주 들락거렸기 때문에 설비에 손색이 없었다. 대리석으로 만든 이오니아식 기둥에 열리지 않는 강화유리창, 화려한 전구가 달린 궁륭형 천장, 센터 뒤에 펼쳐진 수백 평의 푸른 잔디, 잔디에 세워진 하얀 축구 골대, 양쪽 골대를 가로지르는 촘촘한 그물. 모든 시설이 고급스럽고 정갈했다. 그에 비하면 센터에 들어온 아이들은 벌레나 다름없었다. 영양 결핍이 완연한 얼굴색, 탈모가 진행되고 있는 머리털, 부러진 앞니, 웃옷을 벗으면 드러나는 피부병에 걸린 몸통, 부스럼 자국과 긁어서 생긴 딱지들.

센터에 들어가자마자 옷을 빼앗겼다. 관리인 남자는 더러운 옷을 입고 있으면 피부병에 좋지 않다고 했다. 세탁을 한 후 퇴소할 때 돌려준다는 말도 덧붙였지만 도망가지 못하게 발가벗겨놓는 것이었다. 갈비뼈를 셀 수 있을 정도로 마른 아이들이 옷을 벗고 입소 절차를 밟았다. 입소는 부모의 이름과 주소를 대면 끝이었다. 거짓으로 말해도 관리인은 신경 쓰지 않았다. 어차피 부모가 찾아오는 일은 드물고 퇴소일 전에 도망가는 아이가 많았다.

한방에 배정된 인원은 열 명이었다. 운수 나쁘게도 P와 같은 조가 되었다. 얼마 전 C와 내가 옮겨 간 맨홀은 이전에 P가 지내던 곳이었다. P가 센터에 있는 동안 차지해버린 것이다. 그런 일은 놀라는 게 우스울 정도로 흔히 벌어진다. 우리는 쥐 떼와 다르지 않기 때문에 몸을 숨길 만한 곳이라면 어디든지 들어가고 먹을 만한 것이라면 무엇이든 입에 넣고 본다.

P는 그동안 백 살도 더 먹은 것처럼 늙어 있었다. 탈모가 진행 중인지 남은 머리카락보다 몸에 난 칼자국이 많았다. 나는 가급적 P를 자극하지 않으려고 애썼다. P는 화가 나면 언제든 칼을 꺼내 들었다. 늘 저보다 작은 녀석들을 무리 지어 데리고 다녔고 그 애들에게 좀도둑질을 시켰다. 가급적 P의 말소리에 귀를 기울이지 않으려 했지만 들으라는 듯 일부러 크게 떠드는데 듣지 않을 도리가 없었다.

내가 몇 달 전에 만난 년이 알고 보니 순 사기꾼인 거야. 눈을 가리고 글씨를 볼 수 있다고 우기잖아. 안대 밑으로 다 훔쳐보는 주제에.

그러면서 P는 나를 쳐다보았다. 나는 딴짓을 하는 척하다 P에게 달려들었다. P가 C를 욕하는 걸 참을 수 없었다. P의 팔목을 비틀고 입을 틀어막았다. P가 발버둥을 치면서 머리통으로 내 배를 가격했다. 나는 고꾸라졌다 재빨리 일어나 P를 바닥에 내리꽂았다. 그다음 P가 신발에 숨기고 있던 칼을 빼앗아 그의 가슴을 그었다. 새빨간 피가 새어 나왔다. P가 소리를 질러댔다. 싸움을 구경하러 다른 방 아이들까지 몰려들었다. 곧 관리인이 나타나면 벌칙을 받는 방에 감금될 것이다. 나는 칼을 바닥에 내던지고 센터 정문을 향해 마구 달렸다. 입소하는 아이들을 정리하느라 어수선해서인지 관리인이 뒤늦게 나를 쫓기 시작했다. 이렇게 도망쳤다가 다시 잡히면 이제는 보호시설이 아니라 감호 시설에 가게 될 것이다. P가 죽었거나 치명적인 부상을 입었다면 감호 시설이 아니라 교정 시설에 가게 될 것이다. 딱딱한 골방에서 고름이 고여 조금씩 몸이 썩어가는 주사를 맞을지도 모른다. 나는 죽을힘을 다해 뛰었다. 숨을 몰아쉴 때마다 입에서 썩은 냄새가 풍겨왔다.

5

C는 아직 과학관으로 오지 못한 듯했다. 몸이 무겁고 앞이 잘 보이지 않으니 도망쳐 오려면 시간이 걸릴 터였

다. 영양이 부족한 C는 시력부터 나빠졌다. 안대로 눈을 가리지 않아도 세상이 안개 낀 새벽처럼 흐리다고 했다. 눈을 뜨고 있으면서도 자신이 눈을 감고 있다고 믿기도 했다. 어쩌면 모든 게 다 C의 거짓말인지도 모른다. 아무런 시력의 변화를 겪지 않았지만 검은 안대 너머의 세상을 볼 수 없다는 사실을 인정하기 힘들어서 거짓말을 하는 것인지. 눈앞의 송수관을 보지 못해 머리를 박거나 얽힌 파이프 사이에 팔이 끼는 것도 거짓말을 믿게 하려고 꾸민 행동인지도 모른다.

시간이 흘러도 C는 나타나지 않았다. 아이를 낳아 강제로 입양 동의서를 써준 다음에야 풀려날 모양이었다. 영영 도망쳐 나오지 못하다 결국 신발 밑창에 본드 칠을 하거나 나뭇개비 끝에 붉은 인을 발라 성냥 만드는 일을 하게 될지도 모른다. 나는 화학실 앞으로 갔다. C는 없지만 여전히 볕이 따스했고 풀잎이 살랑거렸다. 긴장이 풀린 탓인지 졸음이 왔다. 줄곧 뛰어오느라 힘들었던 데다가 배가 고팠다.

잠이 깬 것은 화학실에 환하게 불이 켜졌기 때문이다. 밤의 화학실은 처음이었다. 천장에 매달린 수십 개의 형광등이 별처럼 빛을 발하고 있었다. 불빛은 유리창에 반사되어 눈이 시릴 정도로 밝았다. 화학실은 꿈처럼 아늑하고 아름다웠다. 풀 더미 위의 밤이슬도 불빛을 받아 촉촉히 빛났다.

나는 홀리듯 유리창 앞으로 다가갔다. 여러 명의 과학자가 화학실 안을 오가고 있었다. 그들은 발목까지 오는 정갈한 실험복을 입고 둥근 모자로 머리카락을 전부 가렸다. 턱부터 코까지 마스크를 쓰고 있어서 까맣고 파란 눈동자밖에 보이지 않았다. 성별이나 연령대를 짐작하기 힘든 차림새였다.

거대한 배추벌레처럼 꾸물거리던 과학자들이 실험실 중앙에 놓인 해부대 주위로 둥글게 모였다. 해부대 위에 무엇인가가 하얀 천에 덮여 있었다. 벽 쪽에는 온통 하얗게 차려입은 그들과 다른 차림의 사람이 서 있었다. 순록 가죽옷을 입은 C였다. C는 벽에 하반신을 감춘 채 꼼짝하지 않았다. 화학실과 면한 벽에 상반신만 붙어 있을 뿐인데 덜렁거리거나 흔들리는 느낌이 없었다. 그사이 배도 홀쭉해져 있었다. 아기가 C를 빠져나간 모양이었다.

나는 C가 거기 있다는 사실이 반가워서 유리창을 두드리며 C의 이름을 불렀다. 유리창은 조금도 흔들리지 않았다. C는 물론이고 실험실을 돌아다니는 과학자들도 나를 쳐다보지 않았다. 홀쭉해진 배를 보자니 C가 아닌 것 같기도 했다. C는 눈동자가 없는 하얀 눈을 동그랗게 뜨고 입술을 한껏 위로 말아 올려 웃고 있었다. 눈에서 고름 섞인 진물이 흐르지 않았고 입술에는 발그스름한 색깔이 칠해져 있었다. 숨을 쉰다거나 눈을 깜빡이는 기미는 없었다. 사람이라기보다 박제된 동물 같았다. 저렇게 되려면 아프지 않았을까. 내장을 다 빼내고 얇게 벗겨낸 가죽을 무두질하여 그 가죽을 다시 주머니 모양으로 만들고 그 속에 대팻밥이나 솜을 넣어 박제로 만들었을 것이다. 나는 C 옆의 선반 위에 포르말린에 담긴 표본병 하나가 추가된 것을 찾아냈다. 엉덩이에 커다란 혹이 달린 갓난아기였다. 아기는 시커멓게 썩은 탯줄을 그대로 달고 있었다. 태어났다기보다 배 속에서 끄집어낸 것 같았다. 아기는 C를 닮았다. 나를 닮은 것 같기도 했고 P를 닮은 듯도 했다. 우리 모두를 닮았으면서도 자세히 보면 하나도 닮지 않았다.

과학자들이 장비를 들고 해부를 준비했다. 하얀 가운을 입고 모자를 쓴, 마스크로 입과 코를 가린 한 과학자가 날을 벼린 메스를 쳐들었다. 직선으로 내리친 칼이 해부대 위에 꽂혔다. 뒤쪽에 있던 과학자들의 옷까지 시뻘건 피가 튀었다. 그와 동시에 갑자기 불이 꺼졌다. 내부가 하나도 보이지 않았다.

나는 불을 켤 종이와 성냥을 찾기 위해 과학관의 다른 방으로 달려갔다. 방들은 단단하고 녹이 슨 철문을 활짝 벌리고 있었다. 그 방들 중 하나에서 실에 묶인 종이 뭉치를 찾아냈다. 오래되어 습기를 머금은 책이었다. 대낮처럼 환하게 불을 밝힌 다른 방에서는 기름과 성냥을 훔쳤다. 그 방에는 한 여자가 화덕 옆에 앉아 거울을 보고 있었다. 거울은 희고 긴 머리를 끊임없이 빗질하는 여자의 모습을 비쳤다.

실험실은 여전히 불이 꺼져 있었다. 간혹 하얀 것이 희끗거리는 것으로 보아 과학자들이 아직 남아 있는 게 분명했다. 훔쳐 온 종이는 습기에 젖어 줄줄 흐르도록 기름을 붓고 나서야 불이 붙었다. 불꽃이 일자 하얀 옷을 입고 움직이는 과학자들이 보였다. 새카맣게 어두운데도 그들은 해부를 계속하고 있었던 듯했다. 해부대 위의 것은 십자형으로 배가 벌어져 검은 내장을 다 드러내고 있었다. 불꽃은 점차 유리창으로 번져갔다. 화학실이 일순 대낮처럼 밝아졌다. 모래와 석회석, 탄산소다를 가열하여 만든 유리가 고무처럼 녹아들어가기 시작했다.

나는 녹아내린 유리창을 넘어 화학실 안으로 들어갔다.

뜨겁게 달아오른 화학실은 난방수가 흐르는 송수관처럼 따뜻했다. 벽에 걸린 초상화가 불타면서 그림 속 얼굴이 일그러졌다. 박제된 독수리가 뜨거워 못 견디겠다는 듯 날갯짓으로 불을 끄려 했다. 과학자들은 내가 들어온 줄도 모르고, 옷자락에 불이 옮겨 붙는 것도 의식하지 못하고 여전히 동물의 내장을 꺼내는 일에 몰두하고 있었다. 달아오른 유리 플라스크와 증류기 들이 요란한 소리로 깨졌다. 액체가 쏟아지자 불길이 더욱 높이 솟아올랐다. 표본 병이 깨지면서 안에 담겨 있던 원숭이가 바닥으로 떨어졌다. 꼬리에 불이 붙은 원숭이는 재빨리 유리창 너머로 달아났다. 불은 점점 몸통으로 옮아가 원숭이는 거대한 불덩이가 되어 사라져갔다. 나는 몸이 뜨거워 비명이 나오려는 것을 참고 해부대를 쳐다보았다. 심장과 간, 허파와 고불거리는 내장이 길게 바깥으로 쏟아져 나온 그것은 자세히 들여다보니 꼭 내 얼굴 같았다. 벽에 박혀 불타고 있는 C는 눈동자가 빠진 하얀 눈으로 내가 흘린 내장들을 무심히 내려다보고 있었다.

문득

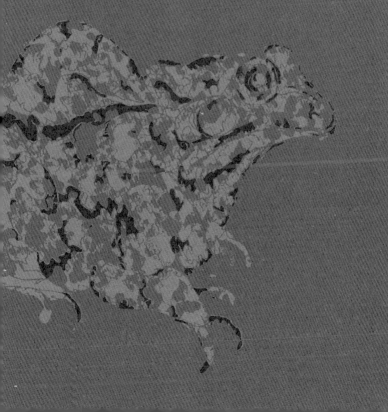

시체는 왕피천 동쪽 끝자락에서 떠올랐다.

시체를 건져 올린 사람은 젊은 남자였다. 남자는 낚시가 처음이었다. 그래서인지 찌가 조금 굽어져 내려갔을 때 바로 감지하지 못했다. 시체는 얼마 전부터 호수 밑바닥에서 수초처럼 춤을 추고 있었을 것이다. 가스가 차올라 부력으로 떠오르기에는 부족한 시간이었던 모양이다. 지렁이 미끼를 매단 남자의 낚싯바늘이 시체가 입고 있는 스웨터 앞섶을 건드렸다. 필라멘트실이 목을 휘감아 낚싯대가 아치처럼 깊게 구부러졌다.

"여기 좀 보세요."

일행 없이 혼자 온 남자가 크게 소리쳤다. 이렇게 휘는 걸 보니 대단한 놈이 틀림없었다. 둥근 아치의 한쪽이 점점 호수 바닥으로 빨려 들어갔다. 주위에 있던 낚시꾼들이 모여들었다. 어차피 남자가 소리를 지른 통에 입질을 하던 물고기가 다 도망가버렸을 것이다. 두 사람이 남자를 도와 점점 호수로 빨려 들어가는 찌를 힘껏 부여잡았다. 다 들어 올린 낚싯대를 한 번 놓치는 바람에 시체는 바닥 쪽으로 다시 내려갔다. 누군가 물고기가 이렇게 무거울 리 없는데 귀신을 끌어내고 있는 것 같다고 농담해서 한바탕 웃었다. 세 사람이 다시 힘을 줘 낚싯대를 끌어 올렸다. 드디어 바늘에 낚인 것이 호수 바깥으로 모습을 드러냈다.

먼저 나타난 것은 새까만 머리통이었다. 머리카락이 까맣게 엉켜 있는 게 폐타이어처럼 보였다. 곧이어 빨간 옷이 보였고 이윽고 사람의 몸통이라는 것이 분명해졌다. 남자가 소리를 질렀다. 잠깐이지만 시체의 치켜뜬 허연 눈과 마주친 것 같았다. 남자의 착각이었다. 시체는 더러운 호수 밑바닥을 보기 싫다는 듯 눈을 감고 있었다. 함께 낚싯대를 들어 올린 낚시꾼들은 자리에 주저앉았다. 사람들이 시체 주위로 모여들었다. 누군가가 경찰에 신고 전화를 했다.

"겁나게 썩은 시체가 나왔구만여. 재수도 더럽게 없재. 여그가 어드긴 어드요. 동굴 안 있소? 그 앞에 있는 개천이지라."

옆에 있던 남자가 개천이 아니라 왕피천이라고 일러주었다. 경찰이 올 때까지 사람들은 시체 주변에 둥글게 모여 섰다. 마치 시체가 다시 물에 빠질까 봐 막아주고 있는 것 같았다. 그들은 난생처음 본 흉측한 주검에서 얼른 눈을 돌렸다.

시체는 퉁퉁 불어 있었다. 잔뜩 짓이겨진 얼굴은 죽음의 순간이 얼마나 참혹했는지 알려주었다. 푸르스름한 얼굴이 잔뜩 부풀어 있었다. 물에 빠져 그렇게 된 것인지, 죽기 전에 맞은 것인지, 수초의 물이 밴 것인지 분간할 수 없었다. 검고 더러운 수초가 입안 가득 들어차 있었다. 죽음에 대해 아무 말도 못 하게 입을 틀어막은 듯 보였다. 터틀넥은 잔뜩 젖어 있음에도 불구하고 빨간색이 선명했다. 그래서 이미 부패가 진행된 시체가 이제 막 피를 흘리며 죽어가고 있는 것은 아닐까 싶기도 했다. 하얀색 치마는 물에 젖어 다리에 감겨 있었다. 퉁퉁 불은 다리 굴곡이 그대로 드러났다. 여기저기 시반이 생긴 다리는 살갗이 다 일어나 주홍빛에 가까웠다.

주변 식당 주인들도 몰려나왔다. 길가에서 번데기며 군밤, 오징어 따위를 파는 상인들도 보러 왔다. 사무실에서

졸고 있던 관리소장도 뛰어나왔다. 사람들이 모여 웅성거리고 있자 재미난 일이 생긴 모양이라고 짐작했다. 관리소장은 사람들 사이를 비집고 들어갔다. 물에 잔뜩 젖은 시체가 눈에 들어왔다. 소장은 얼른 고개를 외로 돌려 침을 뱉었다. 잠깐이지만 시체의 모습이 선명했다. 시체가 입고 있는 옷차림이 아무래도 얼마 전 갑자기 그만둔 직원과 비슷하다는 생각을 했다. 그 직원은 더위가 시작될 무렵에도 늘 목까지 올라오는 옷을 입었다. 목이 시리면 추위를 참을 수 없다고 했다. 촌스럽게 생긴 외모에 어울리지 않게 빨간색을 즐겨 입었다. 빨간색 터틀넥을 입고 동굴 앞을 지키는 직원에게 관리소장은 여기가 무슨 제3땅굴이야? 공산당도 아니고 허구한 날 빨간 옷이야, 하고 말했다. 그 옷을 그만 좀 입으라는 얘기였다. 직원은 말귀가 어두웠다. 이후로도 줄곧 빨간 옷을 입었다.

터틀넥은 흔하디흔했다. 옷 하나로 그 직원이라고 단정할 수 없었다. 직원은 갑자기 연락을 끊었다. 일하기 싫어져서 혹은 다른 직장을 구해놓고 말도 없이 출근하지 않는 경우도 있다고 했다. 어느 날 직원이 정오가 되도록 출근하지 않기에 전화를 걸었는데 받지 않았다. 그렇게 한며칠 전화를 하다가 포기했다. 남은 월급을 받아야 하니 먼저 연락하겠지 싶었으나 통 소식이 없었다. 이후로 마땅한 직원을 아직 구하지 못했다. 관리소장은 이제라도 다시 직원이 나타나면 모르는 척 받아줄 생각도 했다. 직원이 출근을 하지 않은 지 벌써 3주째였다. 소장은 빨간색 터틀넥에 대해서는 입을 다물기로 했다. 공연히 그 얘기를 꺼냈다가 번거롭게 경찰서를 들락거리려야 할지도 몰랐다.

얼마 후 경찰이 도착해 호수 주위에 접근을 막기 위한 노란색 테이프를 둘렀다. 시체를 이쪽저쪽으로 돌려 사진을 찍기도 했다. 포말이 없고 수초가 잔뜩 막혀 있는 걸 보니 아무래도 사후에 투수된 것 같다는 말을 자기들끼리 나누었다.

경찰이 시체가 걸치고 있는 치마를 슬쩍 걷어 올려 파리를 쫓았다. 터럭처럼 보인 것은 시커먼 파리 떼였다. 구더기와 파리가 꼬인 것을 보면 아무래도 죽자마자 호수에 던져진 것은 아닌 듯했다. 손톱만 한 구더기들이 몸을 꿈지락대고 있었다. 실온 0도 이하라면 구더기들은 대번에 죽는다. 그러나 호수에 던져지기 전에 이미 죽었다면, 그래서 파리가 시체에 알을 깔 만한 시간적 여유가 있었다면 얘기는 달라진다. 일단 체내에 부화한 구더기는 거기가 어디든 실온이 몇 도든 관계치 않고 살 수 있다. 구더기는 사람의 체내에서 자신의 열로 삶을 버틴다.

"저리들 가요. 뭐 좋다고 보고 있대요. 신고하신 분이랑 시신 발견하신 분은 이리 오세요."

경찰이 구경꾼들에게 말했다. 난감한 표정의 두 남자가 앞으로 나갔다. 경찰이 검은 수첩을 꺼내 남자들의 신상을 적었다.

식당 주인들은 흩어지면서 손가락을 입술에 갖다 댔다. 말이 새 나가면 당분간 낚시꾼이나 동굴 관광객이 줄 것이다. 장사를 종 치지 않으려면 입을 다무는 게 나았다. 잠시 후 경찰이 물이 뚝뚝 떨어지는 시체를 들것에 신고 사라졌다. 시체가 누워 있던 자리가 검게 젖어 있었다.

여자는 호수 쪽으로 얼굴을 돌리고 동굴 입구를 향해 앉았다. 무슨 일이 생긴 건지 궁금하지만 무슨 일인지 알 것 같기도 했다. 몸이 자꾸 기울어 똑바로 앉으려면 힘을 줘야 했다. 의자는 오른쪽 솜뭉치가 절반 넘게 빠져 있었다. 관리소장은 지나치게 검소했다. 동굴을 드나들다 보면 앉아 있을 시간도 없는데 의자가 무슨 소용이냐고 했다. 관리소장이 소동을 확인하러 호수 쪽으로 간 후에도 여자는 기울어진 의자에 앉아 지난주 입장객 수를 셌다. 사람들이 웅성거리는 소리가 너무 시끄러웠다. 280까지 센 후 다시 처음부터 세야 했다. 언제부터인가 몸의 감각이 바깥 세상을 향해 활짝 열렸다. 지독한 냄새가 계속 났고 밤에는 잠을 못 잘 정도로 사방에서 숨소리가 들려왔다. 눈이 밝아졌는지 시체가 호수 밖으로 나오는 것도 다 보이는 듯했다. 낚싯바늘이 호수 바닥을 더듬다가 시체 앞섶을 찔렀을 때는 가슴이 따끔거리는 기분이었다. 낚시꾼들이 합심하여 건져 올린 시체가 보였고 당분간 왕피천 물 좋겠네, 사람 고기 실컷 뜯었을 테니 말이야 하고 옆 사람에게 하는 귓속말도 들렸다.

거짓말이었다. 시체도 보이지 않고 시취도 느껴지지 않았고 사람들의 이야기도 들리지 않았다. 그럴 리 없지 않은가. 동굴 입구에서 왕피천까지는 적어도 10여 분 걸어야 했다. 모든 것은 여자의 상상이었다. 진작부터 저 깊고 더러운 호수 바닥에 몇 구의 시체가 가라앉아 있으리라 생각해왔다. 연조직을 수중 생물에게 뜯어 먹혀 사지가 절단되고 얼굴이 짓이겨지고 물에 슬린 살갗이 벗어지고 구역질 나는 냄새를 동반한 익명의 죽음은 흔하디흔하다.

남편이 사라진 다음부터 여자는 은폐된 공간에서 시체가 공처럼 떠오르는 꿈을 꿨다. 꿈에서 깰 무렵에는 늘 시체의 얼굴과 마주 보고 있었다. 꿈에서 본 시체는 너무 익숙한 얼굴이었다. 부패가 전혀 진행되지 않아서 마치 잠을 자는 듯 느껴졌다. 무엇이 그런 꿈을 꾸게 했는지 알 수 없었다. 여자는 남편이 나타나지 않아 걱정되고 남편이 이미 죽어버린 것일까 봐 두려웠다. 한편으로는 다시 나타날까 두렵고 여태 살아 있을까 봐 무서웠다.

관리소장이 더럽다는 듯 연신 침을 뱉으며 걸어왔다. 여자는 얼른 동굴 안으로 들어갔다. 지각을 한 데다 괜한 상상을 하고 있던 것을 들키고 싶지 않았다. 축축한 기운을 느끼며 잠에서 깨어났을 때는 이미 출근 시간이 지나 있었다. 잔소리가 심한 관리소장과 마주쳐서 좋을 일이 없었다.

동굴은 입구와 출구가 나란히 붙어 있었다. 여자는 늘 그렇듯 출구 쪽으로 들어갔다. 폐장 시간 즈음이라 동굴에 들어간 사람은 많지 않았다. 선녀암으로 가려면 출구 쪽으로 가는 게 나았다. 그래야 사람과 덜 마주칠 수 있었다. 선녀암 근처에서 사람을 만나는 일은 달갑지 않았다. 맹수나 귀신, 하다못해 관박쥐도 없는 동굴에서 가장 무서운 존재는 사람이었다. 특히 조명이 꺼진 선녀암 근처의 습한 공기 속에서 사람의 체온이 느껴지면 목이 조이는 듯 숨이 막혀왔다.

호수 앞에 이르러서야 구부린 허리를 조금 펴고 걸을 수 있었다. 동굴에 있는 호수는 왕피천에서 흘러온 물로 형성되었다. 오늘 건져 올린 시체가 빠져 있던 물이라는 뜻이었다. 어쩌면 시체에서 떨어져 나온 잔여물들이 여기까지 흘러왔을지도 몰랐다. 까마득한 옛날에는 단지 몇 방울의 물에 불과했을 호수는 수심이 3미터나 된다. 천장에서 뜸을 들이던 물방울 하나가 시커먼 어둠 아래 호수로 떨어지자 메기와 잉어 몇 마리가 물방울에 놀란 듯 사방으로 흩어졌다. 꼬리를 흔드는 메기가 물에 분 시체처럼 통통했다.

호수를 지나 얼마간 더 몸을 숙여 가자 선녀암 광장에 닿았다. 선녀암 광장은 동굴에 있는 열두 개 광장 중 하나였다. 머리를 틀어 올린 여자 형상의 바위 때문에 선녀암이라는 이름이 붙었다. 관광객들은 접근 금지 막대로 가로막혀 바위 가까이 가지 못했다. 근처에 종유석이 많은데 사람의 손을 타면 새까맣게 변색되기 때문이었다. 종유석은 장시간 조명을 쬐면 쇠처럼 녹물이 들기도 했다. 불빛이 직접 광장을 비추지 않도록 간접조명을 설치했으나 지금은 전구 없이 둥근 갓만 매달려 있었다. 여자가 전구를 빼버렸다. 관리소장은 도청이나 군청에서 관료가 오기 전에는 동굴에 잘 들어오지 않았다. 소장이 동굴에 대해 아는 정보라곤 입장료뿐이었다.

조명이 없으므로 램프를 소지하지 않으면 선녀암을 못 보고 지나칠 수 있었다. 빛 없이 선녀암에 가려면 눈을 감고 귀가 말해주는 소리와 비릿한 냄새에 주의를 기울여야 했다. 호수에서 더디게 물방울이 떨어지는 소리, 손을 델 때마다 쇠난간이 울리는 소리, 종유석 숲에서 이는 낮은 바람 소리 같은 것들을 새겨들어야 했다. 그런 소리에 희미하게 비린내가 느껴진다 싶으면 어느새 선녀암 부근이다. 이곳은 수백 구의 유해가 매장된 듯 음침한 기운이 감돌았다. 동굴 입구 안내판에는 옛 왕조의 전쟁 때 5백 여 명의 마을 주민이 동굴로 피신했다는 기록이 적혀 있었다. 적군을 피해 달아난 마을 주민들이 동굴에 숨었는데 적장이 하나뿐인 입구를 큰 바위로 막아버려서 출구를 찾지 못하게 되는 바람에 주민들이 결국 동굴에서 전부 죽어버렸다는 것이다.

적군을 피해 숨었다면 수직형 동굴의 끝부분인 선녀암 근처 광장이었을 것이다. 이곳은 삶과 죽음을 헷갈리게 할 만큼 어두웠다. 선녀암에 솟은 석주에 기대앉아 있다 보면 산 건지 죽은 건지 분간할 수 없는 기분이 들었다. 숨을 쉬면 공기보다 더 미세한 골분이 비강으로 스미는 듯했다. 선녀암 근처에 숲을 이룬 듯 울창하게 솟은 종유석과 석순은 죽은 사람들의 뼛가루로 더 단단해졌을 것이다. 관리소장은 동굴에서 나는 냄새가 다습한 환경 때문이라고 했지만 여자는 그 냄새가 죽음과 관련되었음을 진작 알아차렸다.

어둠에 가린 선녀암을 지나면 태초의 세계라 일컬어지는 아담과 이브 광장이 나왔다. 천장에서 바닥까지 내려온 두 종유석이 벌거벗은 남녀 같다고 해서 붙여진 이름이었다. 조명이 세 개나 켜진 그 광장에 비해 선녀암은 캄캄한 어둠에 가까웠다. 어둠이 얼마나 짙은지 선녀암에 바짝 붙어 서 있으면 아무도 여자가 있는 줄 몰랐다. 선녀암 그늘에 숨어 있는 동안 근처에서 짓궂은 짓을 하는 연인을 목격하기도 했다. 그들은 뒤쪽에서 사람의 인기척이 들려올 때까지 서로 몸을 떼지 않았다. 그들에게 여자는 어둠이나 다름없었다. 어둠에 숨어서 여자는 열 개도 넘는 종유석을 잘랐다. 톱이 닿을 때마다 종유석은 무거운 신음을 냈다. 여자에게 종유석같이 오래되고 값나가는 물건을 수집하는 취미가 있는 건 아니었다. 암시장에서 값을 쳐주는 종유석이 무엇인지도 몰랐다. 그저 동굴에 있는 무료한 시간을 견디려고 자르기 시작했다. 몇 개는 집에 가져갔고 대개는 퇴근길에 왕피천에 던져버렸다.

톱은 하도 오래 써서 날이 노인의 치아처럼 듬성듬성해졌다. 톱을 준 사람은 남편이었다. 공사장 벽돌공인 남편은 어떤 연장이건 쉽게 구했다. 그는 매일 벽돌을 지지만 매번 지게를 질 때면 못이 되어 그대로 땅속에 박히는 기분이라고 했다. 벽돌 지게를 진 남편의 어깨는 멍으로 푸르스름했다.

그래도 고어텍스 러닝복을 입고 마라톤을 하는 날이면 남편은 어깨를 반듯하게 폈다. 그는 5년째 마라톤 대회에 참가하고 있었다. 대회가 어찌나 많은지 한 달에 서너 번은 대회 개최지로 떠났다. 연중 120여 회에 육박하는 마라톤 대회에 참가하다 보면 시간 가는 게 두렵지 않다고 했다. 달력에는 대회 스케줄이 빼곡하게 적혀 있었다. 벽돌만 쌓던 남편의 인생에도 마라톤을 시작하면서 목표가 생겼다. 네 시간 만에 풀코스 주파하기가 그것이었다.

남편은 얼마 전 D신문사에서 주관하는 대회에 참가한 후 집에 돌아오지 않았다. 세종로 사거리에서 출발하여 여의도를 돌아 서울 동쪽 끝인 길동까지 갔다가 잠실 주경기장으로 오는 코스였다.

남편이 돌아오지 않아 여자는 신문사에 전화를 걸어봤다. 몇 차례 담당자를 찾아 전화를 돌린 후에 겨우 전화가 연결됐다.

"40킬로미터 지점까지는 기록이 나와 있네요. 아주 잘 뛰셨어요. 그런데 그 이후 기록이 없어요. 이쯤 뛰셨으면 당연히 완주하셨을 텐데 이상하네요. 완주 확인이 되어야 기록증도 나갈 텐데요."

담당자가 남편의 코스별 기록을 일러주었다. 남편은 35킬로미터를 세 시간이 조금 넘는 기록으로 통과했다. 40킬로미터를 통과하는 지점에서는 3시간 30분이 조금 지나 있었다. 35킬로미터부터 40킬로미터까지 마의 구간이라고 했다. 이 구간에서 속도가 조금 느려졌지만 남편의 기록은 일정했다. 대기 중인 차량을 타고 도착점에 들어온 사람 명단에도 남편 이름은 없었다. 그는 40킬로미터까지 뛰고 갑자기 증발하듯 사라져버렸다. 잠실 사거리에서 종합운동장까지의 어느 거리쯤에서 말이다. 40킬로미터를 3시간 30분 만에 뛰었으니 10분 정도면 완주가 가능했을 것이다.

42.195킬로미터라는 거리를 상상할 수 없는 데 반해 네 시간은 퍽 구체적인 시간이었다. 동절기에 점심 식사를 하

고 나면 남는 근무 시간이 네 시간이었다. 남편에 의하면 황영조는 98회 보스턴마라톤 대회에서 그 거리를 2시간 8분 9초에 달렸고 이봉주는 2000년 도쿄마라톤 대회에서 2시간 7분 20초 만에 달렸다. 세계최고기록은 모로코의 하누치가 1999년에 세운 2시간 5분 42초였다. 유력한 두 시간대 마라토너들은 42.195킬로미터를 100미터당 평균 18초의 속도로 뛰는 셈이었다. 그 계산에 의하면 100미터를 30여 초에 달리면 네 시간에 풀코스를 완주할 수 있었다. 그러나 뛰는 일에 산술적 평균은 아무 소용이 없었다. 뛰는 속도는 거리에 비례해 점차 느려지니까.

남편은 대회에 출전하려고 2주 전부터 식이요법을 했다. 이온 음료를 마셨고 소량으로 하루 네 번 식사했다. 행여 다리라도 다치면 안 되니 며칠 전부터는 일도 쉬고 이틀 전에 두둑이 짐을 꾸려 개최지로 출발했다. 단 하루 마라톤에 출장하는 사람의 짐이라고는 믿기 힘들 정도로 많았다.

언젠가 여자는 남편에게 도대체 왜 뛰는 거냐고 물었다. 남편은 어째서 그런 쓸데없는 질문을 하느냐는 듯 어깨를 으쓱하고 대답했다.

"그냥 뛰는 거지. 뛰다 보면 뛰게 되고 뛰게 되니 끝까지 뛰는 거지."

마라톤 말고 남편이 애지중지하는 것이 또 있었다. 제니퍼. 여자는 제니퍼를 어쩔 셈이냐고 남편에게 물었다. 남편은 제니퍼가 누구길래 또 그 여자 얘기를 꺼내느냐고 짜증 섞인 소리로 되물었다. 남편은 제니퍼를 나비라고 불렀다. 여자는 나비를 제니퍼라고 불렀다. 특별한 뜻이 있어서는 아니었다. 단지 고양이를 남편과 같은 이름으로 부르고 싶지 않았다.

남편은 날마다 제니퍼를 밤의 산책에 데리고 나갔다. 하루는 남편을 몰래 따라가봤는데, 남편이 제니퍼를 숲에 풀어놓았다. 제니퍼가 쥐를 잡고 싶어 했다고 변명했지만 쥐를 잡고 싶어 하는 쪽은 제니퍼가 아니라 남편 같았다. 여자가 이제 그만 제니퍼를 놓아주라고 하자 남편은 화가 난 듯 오른손을 번쩍 들어 여자에게 내리쳤다. 그에게 맞을 때마다 푸른 점이 생기고 목청이 커졌다. 여자는 매번 소리를 질렀다. 아프거나 겁에 질려서가 아니라 기분이 나빠서였다.

어느 날 남편과 함께 산책을 나갔던 제니퍼가 죽어서 돌아왔다. 남편 말로는 숲에서 야생 고양이에게 모가지를 물렸다고 했다. 그래서 죽은 것은 아니고 제니퍼가 고통스

러워하는 걸 보기 힘들어서 남편이 제니퍼의 숨을 끊기로
했다는 것이다. 그걸 왜 당신이 결정하느냐고 여자가 따
지자 남편은 할 말이 없었는지 다시 여자를 때렸다. 한때
여자는 자신이 맞는 이유를 이해하기 위해 남편이 자신을
때리는 이유를 알아보고자 했으나 이유 같은 건 없었다.

　온몸이 축축하게 감기는 느낌이 들었다. 물에 빠지기라
도 한 듯 이불이 젖어 있었다. 손으로 이불을 더듬어 냄새
를 맡아보았다. 생소한 냄새가 풍겼다. 누워 있는 여자 곁
으로 머리에 피딱지가 앉은 제니퍼가 다가왔다. 여자는 제
니퍼가 죽지 않았다는 것에 안도했다. 죽었다는 것은 남편
의 말이었을 뿐, 그 역시 차마 제니퍼를 죽일 수 없었을 것
이다. 제니퍼는 파란 눈동자로 여자를 빤히 내려다보았다.
제니퍼의 눈동자에 여자의 얼굴이 가득 찼다. 여자는 제니
퍼의 눈에 비친 자신을 쳐다보았다. 그러다가 구역질을 했
다. 제니퍼에게 냄새가 났다. 여자의 몸에서 나는 것 같기
도 했다. 집 구석구석에 제니퍼가 숨겨놓은 쥐가 썩어가는
냄새일 수도 있었다.
　제니퍼에게 쥐 사냥을 가르친 사람은 남편이었다.
　"자, 나비야. 이렇게 생긴 걸 물어 와."

남편은 계속 제니퍼에게 쥐 인형을 보여주었다. 제니퍼는 관심 없다는 듯 딴청을 부렸다. 제니퍼가 호락호락하지 않은 게 마음에 들었다. 남편은 아파트에서 한 시간은 걸어가야 나오는 숲으로 날마다 제니퍼를 안고 나갔다. 숲 한가운데 제니퍼를 풀어놓고 쥐를 잡아 오게 했다. 제니퍼는 간혹 쥐를 잡았고 대개 그냥 돌아왔다. 쥐를 잡기는 했어도 쥐인 줄 알고 잡았다기보다 그저 심심해서, 남편에게 선물로 주려고 물어 온 것 같았다. 여자가 인상을 쓰는 것에 아랑곳하지 않고 제니퍼는 아직 숨이 붙어 있는 쥐를 거실 바닥에 내려놓았다. 그리고 보란 듯이 숨통이 끊어져가는 쥐를 향해 상체를 낮추고 재빨리 달려들었다.

"옳지, 잘한다, 나비야."

남편은 제니퍼의 머리를 부드럽게 쓰다듬었다. 그는 쥐가 내장을 드러낸 채 거실에서 죽어가는 모습을 놓치지 않고 지켜보았다.

"징그러워하지 마. 원래 고양이는 그래. 먹이를 먹기 전에 바닥에 내려놓고 핥아대지. 몇 번 핥다가 다시 옮겨놓아. 장소가 익숙하지 않거나 먹잇감이 달라지면 그렇게 해. 나비한테는 쥐가 처음이잖아. 몇 번 해보면 쉽게 죽일 거야."

여자가 참을 수 없었던 것은 숨통이 끊어지지 않아 가늘게 숨을 쉬는 쥐새끼가 아니었다. 제니퍼의 혓바닥이었다. 쥐를 죽이고 나서 우유를 핥는 제니퍼의 혓바닥은 불이 붙은 것처럼 빨갰다. 남편이 잘했다는 듯 다시 머리를 쓰다듬어주자 제니퍼가 붉은 혓바닥으로 남편의 손바닥을 핥았다.

여자의 얼굴로 물 한 방울이 떨어졌다. 깜짝 놀란 여자가 작게 기척을 내자 근처를 지나던 두 사내가 놀란 듯 멈춰 섰다. 한참 동안 선녀암 쪽을 쏘아보던 사내들은 아무도 없잖아, 하며 뒤돌아섰다. 여자는 사내들이 보이지 않기를 기다렸다가 선녀암에서 빠져나왔다. 계속 허리를 숙이고 걸어서인지 출구에 도착하자 온몸이 저렸다.

관리소장은 솜이 터져 나온 의자에 앉아 있다가 왜 이렇게 오래 걸렸느냐는 듯 여자를 흘긋 돌아보았다. 얼마전부터 그는 잔소리를 줄이고 초점이 안 맞는 눈으로 여자를 쳐다보았다. 여자는 지각을 한 데다가 일지 정리도 못 끝낸 탓에 관리소장을 피해 고개를 숙였다. 소장이 다시 사람들 쪽으로 시선을 돌렸다. 여자는 동굴 출입구로 가서 어수선하게 놓여 있는 안전모를 정리했다.

"아줌마, 여기서 정말 5백 명이 죽었어요?"

얼굴이 하얀 아이가 여자를 툭툭 치며 물었다.

"당연하지."

"어떻게 여기서 사람이 죽어요?"

"사람은 어디서나 죽어. 동굴에서는 더 많이 죽지."

"아줌마는 안 무서워요?"

"무섭지. 산 사람도 죽은 사람도 다 무섭지."

아이가 대꾸 없이 게시판에 바짝 얼굴을 갖다 댔다. 여자는 보호자가 어디 있는가 싶어 주위를 둘러보았다. 아이의 엄마임 직한 여자가 화장실 쪽으로 걸어가고 있었다.

"사람들이 죽은 걸 어떻게 알아요?"

"동굴 안에 들어가면 노래가 들려. 죽어 있는 사람들이 부르는 노래야. 그 사람들은 시도 때도 없이 노래를 부르거든."

"아줌마도 그 노래를 알아요?"

"그럼, 부를 줄도 알아."

"죽은 사람 노래인데 아줌마가 어떻게 알아요?"

맹랑한 아이였다. 여자는 아이에게 귀찮게 굴지 말라고 말하고 싶은 걸 꾹 참았다. 아이 엄마가 언제 나타날지 몰라서였다.

"산 사람이나 죽은 사람이나 똑같이 노래를 부를 수 있어. 산 사람이 사람인 것처럼 죽은 사람도 사람이야. 그냥 평범하게 살아 있거나 죽어 있다가 어느 날 갑자기 내가 살았다거나 죽었다는 걸 알게 돼."

아이가 이번에는 대꾸 없이 여자를 빤히 쳐다보다가 코를 틀어막고 동굴 입구로 들어가버렸다. 보호자 없이 동굴에 들어가면 안 되기 때문에 여자는 재빨리 아이를 뒤따랐으나 아이는 그새 사라지고 없었다.

관리소장은 호수 쪽을 쳐다보며 여기저기 전화를 해대고 있었다. 직원을 추천해달라는 전화였다. 아침에 왕피천 어귀에서 본 시체 얘기를 꺼내는 것도 잊지 않았다.

"진짜 비슷하게 생겼다니까. 그래도 말 안 했지. 경찰이 알면 내가 죽이기라도 한 것처럼 오라 가라 할 테니까. 언제 마지막으로 봤냐, 어떻더냐 이런 걸 다 대답해야 하잖아."

여자는 전화통을 붙들고 있느라 정신없는 소장 앞으로 일지를 밀어두고 조용히 사무실을 빠져나와 호수 쪽으로 갔다. 물이 말라 시체가 누워 있던 자리를 찾을 수 없었다. 수사선 옆쪽으로 찌를 드리운 낚시꾼이 아직 남아 있었다. 경찰은 사인을 확인하기 위해 부검을 실시할 것이다. 여자는 실종된 남편이 어디선가 온몸이 발가벗겨진 채 부검되는 장면을 떠올려봤다. 발가벗은 남편의 어깨는 푸르스름할 터였다.

창문을 전부 열어두었는데도 집에서는 냄새가 여전하고 검은 무늬처럼 파리가 집 안을 어수선하게 날았다. 여자는 먼저 옷부터 갈아입었다. 갈아입은 지 얼마 되지 않았는데도 옷이 또 젖어버렸다. 세탁을 해두고 집을 치우자 시간이 훌쩍 지났다. 제니퍼는 어린애처럼 집 안을 어질러 났다. 깨진 재떨이 조각을 모으다가 잠시 정신을 잃은 여자는 제니퍼가 우는 소리를 내는 바람에 깨어났다. 여자는 제니퍼를 쓰다듬었다. 제니퍼의 텅 빈 눈동자에 여자가 담겼다. 여자는 죽은 사람들의 노래를 부르며 다시 집 안을 치웠다. 그러다 보면 옷이 축축해져서 갈아입어야 했다. 멍을 감추려고 늘 입는 목이 긴 스웨터에서도 냄새가 났다.

제니퍼는 죽은 쥐를 집 안 곳곳에 숨겨놓았다. 화분 뒤에서 하얗게 구더기가 인 쥐 한 마리를 찾아냈다. 뭉쳐 있는 구더기가 거대한 목화솜 같았다. 베란다 바깥으로 죽은 쥐를 던져버렸는데도 냄새가 가시지 않았다. 할 수 없이 온 집 안을 뒤졌다. 의자를 밟고 올라가 옷장 위쪽을 살폈다. 꼬들꼬들 말라 죽은 쥐 한 마리가 또 나왔다. 죽은 지 너무 오래되어 나무껍질처럼 말라버린 쥐에게서 심한 악취가 풍겼다. 여자는 고무장갑을 끼고 통통하게 살이 오른 구더기들을 눌러 죽였다. 그러다가 구더기들이 발판 삼아 몸을 움직여대는 앨범을 찾아냈다.

앨범에는 짧은 바지를 입은 남자의 사진이 담겨 있었다. 한참 들여다본 후에야 사진 속 남자가 남편임을 알아챘다. 마라톤에 참가해서 찍은 사진이었다. 여자는 남편이 뛰는 모습을 한 번도 본 적 없었다. 그저 땀으로 범벅이 되어 번들거리고 시간을 참아내기 위해 얼굴을 찡그렸으리라 생각했다. 그러나 사진 속 남편의 표정은 어린아이처럼 환하고 가벼워 보였다. 이제껏 여자가 한 번도 본 적 없는 얼굴이었다. 일을 하고 돌아오면 남편은 벽돌처럼 무거운 표정으로 소파에 누웠다.

여러 장의 사진 속에서 남편은 짧은 바지를 입은 남자들과 어울려 서 있었다. 다른 남자들이 긴장된 표정으로 앞으로 뛰어야 할 길을 바라보고 있는 것과 달리 그는 이미 완주를 한 듯 개운한 표정이었다. 다른 사진 속의 남편은 도착점 아래를 통과하고 있었다. 오랜 시간 달려왔을 텐데도 휘청거리는 기미가 없었다.

사진을 꺼내려는데 구더기 한 마리가 여자의 손으로 기어 올라왔다. 여자는 구더기를 툴툴 털어 바닥에 내던졌다. 구더기는 한 마리가 아니었는지 계속해서 여자의 몸 위로 기어 올라왔다. 여자는 할 수 없이 앨범을 내려놓았다. 그러고 보니 방 안이 온통 구물거리는 구더기 천지였다.

희고 물렁거리는 그것들을 보자니 구토가 느껴져 화장실로 들어갔다. 입을 헹구고 깊은 숨을 내쉬었다. 냄새는 여자의 입속에서 났다. 여자는 가만히 거울을 들여다보았다. 거울 속에는 활짝 열린 화장실 문이 그대로 비쳤다.

그 순간 여자는 잊고 있던 사실을 깨달았다. 그러자 조금 웃음이 났다. 제니퍼가 지루하다는 듯 야옹 소리를 내며 울었다. 여자는 제니퍼의 목덜미를 쓰다듬었다. 제니퍼는 야위어 있었다. 밤의 숲을 너무 많이 떠돈 탓이었다. 제니퍼는 여자의 손길을 벗어나 현관문을 긁었다. 다시 밤의 숲으로 가고 싶은 모양이었다. 아무도 없는 밤길을 걸어 쥐들을 위협하기 위해서 말이다.

여자는 제니퍼가 나가도록 문을 열어주었다. 그리고 축축한 몸을 눕히려고 이불을 깔았다. 구더기들이 양털처럼 떼 지어 모여들었다. 여자는 거기에 가만히 몸을 뉘었다.

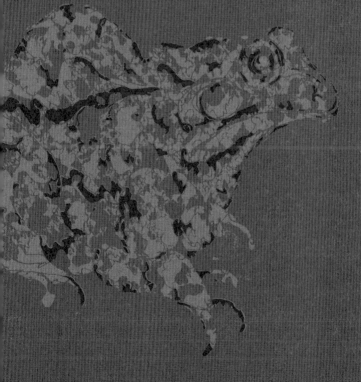

누가 올 아메리칸 걸을
죽였나

칼라는 거기에 있었다. 무릎을 꿇고 고개를 숙인 채였다. 스웨터는 입었지만 허리 아래는 나체였다. 손은 전깃줄에 묶인 채 등 뒤로 돌려져 있었고 머리는 물이 가득 든 10갤런짜리 드럼통에 처박혀 있었다. 칼라와 프란테가 옷을 옮기기 위해 사용한 드럼통이었다. 입고 있는 스웨터는 원래 통 속에 있던 것이었다. 그것은 겨울에나 입는 두꺼운 스웨터였다.

거기까지 읽고 책을 덮을 수밖에 없었다. 그녀가 모피 코트를 눈앞에 디밀었기 때문이다. 코트는 나보다 덩치가 두 배쯤 컸다.

"지금 당장 갖다 달라고 난리다."

"그런 건 아침에 한꺼번에 시켜줘요."

"8만 원 꼭 받아 와. 한 푼도 깎아주면 안 돼."

그녀는 길쭉한 다리미판에 코트를 걸쳐놓고 안으로 들어가버렸다. 코트는 자빠져 누운 커다란 곰처럼 보였다. 곰에게 발길질하듯 얇은 비닐에 싸인 모피 코트를 두 번 걷어찼다. 비닐이 조금 부스럭거릴 뿐 곰은 아무 소리도 내지 않았다.

책을 뒤집어 재봉틀 옆에 내려놓았다. 책 표지의 글래머 여자와 눈이 마주쳤다. 아무래도 작가는 사건 구성에 실수를 한 것 같았다. 칼라가 죽기까지 너무 많은 페이지가 할애되어 있었다. 쓸데없이 긴 내용을 요약하자면, 칼라 브라운은 170센티미터의 늘씬한 키에 물결치는 블론드 머리카락을 가진 매력적인 아가씨라는 것이었다. 칼라는 남자를 만날 때마다 5월의 여왕 같은 미소를 터뜨렸다. 아름다운 여자들이 그렇듯이 남자 친구가 수없이 많았다. 그리고 그들 중 누구하고라도 잠자리를 같이했다. 칼라에게 있어 남자와의 섹스는 스피아민트 껌을 선호하는 취향과도 같았다.

책은 며칠 전 폐업한 헌책방에서 얻었다. 세계문학 전집과 장르 소설, 철 지난 잡지와 중고생용 참고서가 뒤섞인 서점이 제대로 운영될 리 없었다. 가게는 2년 만에 망했고 단지 이웃이라는 이유로 내게 몇 권의 책을 집어 갈 수 있는 행운이 주어졌다. 가게 안에 쓰레기처럼 나뒹구는 책 속에서 나는 '누가 올 아메리칸 걸을 죽였나'라는 제목의 추리소설을 골랐다. 직관적인 제목이 마음에 들었다. 가장 추리소설다운 제목이라는 생각이 들기도 했다. 아무리 제목이 거창하더라도 추리소설의 핵심은 결국 한 문장으로 요약할 수 있었다. 누가 멋진 그녀를 혹은 돈 많은 그를 죽였나가 그것이었다. 왜가 없는 세상, 그게 바로 추리소설이었다.

모피 코트 주인에게 한 푼도 깎아주지 말라고 했지만 정작 돈을 허투루 쓰는 사람은 그녀였다. 그녀는 그를 위해 어항을 샀다. 그러면서도 언제나 사납게 욕을 퍼부었다. 그럴 만했다. 그는 젊은 시절에는 수중의 돈을 술값으로 날리고 나이가 들어서는 보증을 서서 목돈을 날렸다. 술에 취해 그녀를 때리기도 했고 정신이 들면 부끄러워하며 또 때렸다. 이제 늙은 그는 신경과 뼈마디에 바람이 들어 운신을 못 했다. 쓰러진 후 그의 경직된 몸은 풀리지 않았다. 그녀는 그의 입에 죽을 흘려 넣어주고 오물을 치워주고 씻겨주어야 했다. 욕창이 생기지 않도록 몸을 이리저리 돌려주기도 했다. 그녀는 내게도 욕을 했다. 대부분 그에게 듣던 욕이었다. 그는 쓰러져 눕기 직전까지 나를 욕했다. 어쩌면 욕을 하다 쓰러졌는지도 모른다. 늘 욕을 먹었으므로 딱히 무슨 일 때문이었는지 기억나지 않았다. 욕을 먹는 것은 아무렇지 않아도 경멸하는 눈빛은 참을 수 없었다. 그는 언제나 그런 눈빛으로 나를 노려봤다.

그녀는 화가 나면 닥치는 대로 내게 물건을 집어 던졌다. 그것도 그에게서 배운 것이었다. 그는 무엇이든 잘 던졌다. 여러 가지를 던졌는데 대부분은 깨지지 않는 물건이었다. 그가 던진 것 중 가장 기억에 남는 물건은 어항이었다. 열세 살 때, 그녀의 지갑에서 천 원을 훔친 적이 있었다. 자주 푼돈을 훔쳤는데 그날따라 재수 없게 그에게 들켰다. 그는 빌어먹을 놈이 집을 태운 것도 모자라 도둑질까지 한다고 욕했다. 집을 태웠다는 것은 그의 과장이었다. 고작 책상을 태운 게 전부였다. 열두 살 때의 일이었다. 연기가 피어오르는 걸 발견하고 그는 내게 매질부터 했다. 내가 맞고 있는 동안 그녀가 재빨리 물을 퍼부어 불길을 잡았다. 불은 다행히 내 방 책상만 태우고 꺼졌다.

훔친 돈은 겨우 천 원이었다. 오락 몇 판 떡볶이 한 접시면 바닥날 돈이었다. 그는 도둑놈 새끼라고 소리 지르면서 닥치는 대로 집어 던졌다. 때가 낀 플라스틱 물컵, 보리차가 담긴 양은 주전자, 얇은 사기 재떨이, 마침 방에 펼쳐져 있던 작은 상까지. 주전자에 담긴 물과 보리차 찌꺼기가 바닥에 쏟아졌다. 사기 재떨이는 벽에 맞아 깨졌다. 다행히 나를 비껴갔다. 재떨이 깨지는 소리에 놀라 그녀가 방으로 황급히 들어왔다. 그가 욕을 해대기 시작했다. 애새끼를 어떻게 키웠기에 저 모양이냐는 것이었다. 그녀도 지지 않고, 그러는 너는 뭐 한 게 있느냐고 크게 소리쳤다. 그는 보란 듯이 문갑에 올려진 어항을 집어 던졌다. 어항은 14인치 텔레비전에 맞아 깨졌다. 다행히 텔레비전은 멀쩡했다. 그 옆에 웅크리고 있던 나도 비껴갔다. 깨진 유리 조각이 형광등 불빛을 받아 사금처럼 반짝거렸다. 이름을 알 수 없는 금붕어 몇 마리가 누런 장판에서 팔딱거렸다.

"빨리 치우지 않고 뭐 하고 자빠졌어."

그는 오히려 내게 역정을 냈다. 나는 빗자루를 가지러 가려고 느릿느릿 움직였다. 그때 뭔가가 발바닥을 찔렀다. 따끔하다고 느끼는 순간 발을 떼어야 했지만 천 벌이나 되는 다림질감을 인 것처럼 몸이 묵직해졌다. 나는 휘청이는 몸을 지탱하려고 발에 더 힘을 주었다. 날카로운 유리가 발바닥을 관통했다. 팽팽하게 부풀어 있던 것이 갑자기 툭 터져버리는 기분이었다. 발바닥이 따뜻해지자 서서히 안도감이 스몄다. 그녀가 소란스럽게 비명을 지르며 다가 왔다. 발밑으로 붉은 털실 같은 피가 흐르고 있었다. 그녀 는 나를 옆으로 비켜서게 했지만 나는 계속 유리 조각을 밟고 서 있었다. 땅에 깊숙이 박힌 느낌이었다. 흰 양말 바 닥이 붉게 물들었다. 유리에 찔린 발바닥이 안으로 곱아들 면서 왼쪽 다리가 조금 짧아졌다.

마침 엘리베이터가 텅 비어 있었다. 비닐에 싸인 코트를 발로 툭툭 치다가 문득 그 옷을 입어보고 싶어졌다. 동물 원에서 본 너구리나 밍크 같은 모피 수류의 털은 수세미 처럼 까끌하고 질겨 보였는데, 이 코트는 촉감이 썩 괜찮 았다. 엘리베이터 벽면 거울에 코트 입은 모습을 비춰 보 았다. 둔하고 살찐 짐승 같았다.

벨을 누르자마자 문이 열렸다.

"왜 이렇게 늦게 오는 거야?"

여자는 얇은 실크 슬립을 입고 있었다. 품이 큰 탓에 속 살이 다 보였다. 문득 덮어두고 온 책의 여주인공 칼라가 생각났다. 칼라는 남자 친구가 집으로 오면 늘 속옷 차림으로 맞았다. 그러고 보니 최초 용의자로 지목받은 남자 친구 프란테는 범인이 아닌 모양이었다. 프란테를 만나기로 한 시간에 죽었다면 그녀는 슬립 차림의 시신으로 발견되었어야 했다. 발견 당시 그녀는 두꺼운 스웨터를 입고 있었다.

기다리던 사람이 아니라는 것을 알자 여자는 소리를 지르며 문을 닫았다. 모르는 사람이 봤다면 내가 덤벼든 줄 알았을 것이다. 잠시 후 겉옷을 걸친 여자가 다시 문을 열고 내 손에 들려 있던 코트를 채 갔다.

"비닐도 싸지 않고 가져오면 어떡해요?"

여자가 사나운 말투로 쏘아붙였다. 나는 기가 죽어 모피는 폴리 백이나 비닐 백으로 싸두어서는 안 된다고 말하지 못했다. 여자가 그냥 문을 닫아버렸기 때문이다. 나는 깜짝 놀라서 초인종을 눌렀다. 여자가 마지못한 듯 빼꼼히 문을 열었다. 나는 세탁비를 달라고 가급적 부드럽게 말했다. 여자가 대꾸 없이 문을 닫고 들어가버렸다. 이번에는 초인종을 눌러야 할지 문을 발로 걷어찰지 고민하고 있는데 문이 열렸다. 열린 문 사이로 여자가 지폐를 내밀고는 내가 받기도 전에 문을 닫았다.

바닥에 떨어진 돈을 한 장씩 줍고 보니 7만 원이었다.

이제는 참지 않고 문을 걷어찼다. 여자가 할 수 없이 다시 문을 여는 틈에 나는 얼른 안으로 들어갔다. 여자가 겁먹은 소리로 돈을 갖고 나오겠다며 안으로 들어갔다.

여자를 기다리는 동안 마루를 어슬렁거리며 바닥에 신발의 물결무늬 밑창을 찍었다. 집에서 그렇게 했다가는 그녀에게 얻어맞았을 것이다. 신발을 신은 채 잘 닦인 바닥을 밟고 있자니 여자에게 받은 모멸감이 덜어지는 느낌이었다.

잠시 후 거실로 나온 여자를 보고 나는 한숨을 내쉬었다. 여자는 손에 칼을 쥐고 있었다. 칼끝이 햇살을 받아 반짝였다. 당장이라도 찌를 듯한 태세였다. 나는 피곤해져서 돈이나 내놓으라고 작게 말했지만 여자는 위협으로 받아들인 듯 칼을 움켜쥔 손에 더 힘을 주었다. 할 수 없이 칼을 빼앗으려고 손을 뻗었는데, 공격의 신호로 알았는지 여자가 달려들었다. 당연히 나는 쉽게 피했다. 한쪽 다리가 조금 짧기는 해도 여자보다는 재발랐다.

정말이지 재수 없는 날이었다. 여자가 나를 보는 눈빛이며 날카로운 칼끝을 잊을 수 없을 것이다. 여자의 눈빛이 마음에 들지 않아 나는 여자를 그저 벽 쪽으로 한 번 툭 쳤다. 힘을 많이 주지도 않았는데 여자가 바닥으로 털썩

쓰러졌다.

덜 받은 만 원을 채울 만한 물건이 없는지 집 안을 두리
번거렸다. 적당한 게 눈에 띄지 않았다. 대충 보기에 대부
분 비싸 보였고 그녀가 좋아할 만한 물건이 생각나지 않았
다. 잠시 고민하다가 식탁에 놓여 있는 법랑 주전자를 가
져가기로 했다. 만 원이 넘어 보였지만 법랑은 타지도 않
고 찌그러지지도 않는다던 그녀의 말이 떠올라서였다. 집
에 있는 주전자는 그가 하도 던져대서 성한 데가 없었다.

여자는 정신이 드는지 몸을 옆으로 틀며 얕은 신음을
내뱉었다. 나는 여자를 향해 주전자를 흔들었다.

"만 원 대신입니다, 손님."

여자는 무거운 신음 소리를 낼 뿐 아무 대답도 하지 않
았다. 나는 여자를 노려보고 그 집을 나왔다. 주전자를 가
지고 내려오다 1층 엘리베이터에서 한 남자와 마주쳤다.
남자가 주전자를 빤히 쳐다보기에 슬쩍 등 뒤로 감췄다.

아침에 이미 세탁물을 걷으러 왔지만 다시 한번 목청
껏 세에타악 하고 외쳤다. 몇 벌 건져 가면 돈을 덜 받아
가도 그녀에게 욕을 먹지 않을 것 같아서였다. 하지만 경
비가 다가와 그만 시끄럽게 하고 나가라고 해서 별 소득
없이 아파트를 빠져나왔다.

세탁소 가는 길에 보니 은미가 미용실 밖 건조대에 수건을 널고 있었다. 염색한 초록색 머리가 햇빛을 받아 먼지를 뒤집어쓴 것처럼 보였다. 나는 망설이지 않고 은미에게 다가갔다.

"다시 일하기로 했어?"

"말하고 싶지 않다고 했을 텐데."

"자꾸 그러지 말아. 그래도 한때는……"

"한때라니. 남들 오해하게 그렇게 말하지 말랬지?"

은미가 나를 위아래로 훑어보고는 씹고 있던 껌을 바닥에 뱉었다. 왼쪽 다리에 박힌 유리가 쑤시는 기분이었다.

수건을 다 넌 은미가 기지개를 켰다. 짧은 티셔츠가 말려 올라가며 배꼽이 다 드러났다. 나는 방심한 은미를 향해 주전자를 던졌다. 은미가 깜짝 놀라 소리를 질렀다. 행인들이 쳐다보고 미용실 안에 있던 원장이 뛰쳐나왔다. 사람들이 주목하는 것에 당황해서 나는 또 나쁜 선택을 했다. 건조대에 널린 수건을 바닥으로 내팽개친 것이다. 은미를 겁주기 위해 건조대를 던지기도 했다. 살살 던졌기 때문에 건조대는 말짱할 터였다.

"왜 또 이러는 거야?"

누군가 나를 결박하듯 뒤에서 끌어안았다. 치킨집 사장

이었다. 몇 사람인가 더 다가와 치킨집 사장과 함께 나를 붙든 채 세탁소 안으로 밀어 넣었다. 그녀가 이 장면을 보았다면 나를 죽일 듯 팼을 것이다. 다행히 그녀는 세탁소에 없었다.

나는 저린 팔을 주무르며 덮어둔 책을 찾았다. 재봉틀 옆에 있어야 할 책이 보이지 않았다. 그 자리에는 겨자색 실로 밑단을 박음질한 청바지가 놓여 있었다. 책은 잘린 원단을 버리는 쓰레기통에 거꾸로 처박혀 있었다. 나는 재봉틀 옆에 쭈그려 앉아 책을 펼쳐 들었다.

처음 용의자로 지목된 프란테가 경찰에 구속되었다. 일리노이에 마련된 수사본부는 다시 활기를 띠기 시작했다. 무능한 경찰 때문에 미해결로 남을 가능성이 크다고 질타를 받은 사건이 드디어 해결의 기미를 찾은 것이다.

캐빈 경위는 프란테가 구속되었다는 기사가 나간 날 왓슨 경사와 함께 폴 메인을 찾아갔다. 폴 메인은 며칠 전보다 훨씬 좋아 보였다. 그는 자신이 살인과 관계가 없으며 그에 연루되지도 않았다고 말했지만 언론에 보도된 내용을 샅샅이 알고 있었다. 뿐만 아니라 내부 정보도 알고 있었다. 왓슨 경사가 이전 주소를 물어보는 과정에서 그 사실이 드러났다.

왓슨 경사는 폴 메인에게 왜 전 주소를 적을 때 액튼 가街는 뺐느냐고 지나가는 말처럼 물었다. 그는 이웃에서 피살된 여자 사건으로 경찰에게 하도 닦달을 당해 그곳은 좀 잊어버리고 싶어서라고 답변했다.

"그러니까 목이 졸리고 칼에 찔려 50갤런 드럼통에서 익사한 그 여자 말인가요?"

왓슨 경사가 되물었다.

"아니에요. 칼에 찔린 게 아니라 총에 맞았어요. 그리고 물통은 10갤런짜리였다고요."

폴 메인이 대답했다. 칼라 브라운이 총에 맞았다는 사실은 분명 내부 정보였다. 그녀는 목이 졸린 채 칼에 찔려 익사당한 것으로 언론에 보도되었다.

"뭐 하고 있냐. 와이셔츠랑 바지랑 얼른 다려야지."

그녀가 세탁소에 들어오면서 소리 지르는 통에 또 책을 덮어야 했다. 그녀는 한 손에 금붕어가 담긴 찰랑거리는 봉지를 들고 있었다. 손가락보다 작은 녀석들이 붉은빛을 내뿜으며 힘없이 유영했다.

나는 잔손금이 그물처럼 촘촘한 그녀의 손바닥에 7만원을 내려놓았다.

"이 썩을 놈이 이제 수금도 제대로 못하네."

그제야 은미를 향해 던져버린 법랑 주전자가 떠올랐다.

"그게 아니라 그 여자가요."

"시끄러워."

그녀는 방금 세탁 통에서 꺼낸 와이셔츠를 다리미판 위에 잔뜩 올려두었다. 그러고는 금붕어를 넣어두러 방으로 들어갔다.

"이번에도 이것들 건드리면 죽일 테다."

뒤돌아보며 내게 으름장 놓는 것을 잊지 않았다.

와이셔츠에 아이론을 가져다 대자 요란한 소리로 김이 뿜어져 나왔다. 내가 가장 싫어하는 세탁소 일이 와이셔츠 다림질이었다. 바지나 재킷과 달리 와이셔츠는 손이 많이 갔다. 주름진 곳이 금방 눈에 띄고 까딱했다가는 손을 데기 십상이었다. 180도에서 200도 사이를 왔다 갔다 하는 아이론은 아무리 능숙한 사람이라도 손끝을 데기 마련이었다. 정신을 바짝 차리지 않으면 옷을 태울 수도 있었다. 처음에는 사용 표시에 지정된 것처럼 120도에서 150도 사이로 온도를 맞추고 셔츠를 다렸다. 아이론을 힘껏 눌러주어야 해서 금세 팔이 아파왔다.

"그렇게 하다가는 하루 종일 해도 다 못 다린다."

그녀의 말을 듣고서야 온도를 높였다. 고온으로 하면 옷을 태워먹을 작정이냐고 욕을 먹을까 봐 눈치를 보던 참이었다. 사용 표시에 지정된 것보다 온도를 높여야 다림질이 수월해졌다.

　네 벌째 와이셔츠를 다리고 있는데 덩치 큰 남자가 재킷을 들고 세탁소로 들어섰다. 어찌나 쿵쾅거리며 걷는지 바닥이 울렸다.

　"어서 옵쇼."

　나는 과장되게 목소리를 높였다. 뜨거운 김을 계속 쐬고 있으니 아파트에서 나를 사납게 쳐다보던 여자와 함부로 빈정거리던 은미가 잊혔다. 나는 그녀들에게 아이론을 갖다 댄다는 기분으로 힘을 주어 눌렀다. 뜨거운 김이 쏟아졌다. 힘을 주어 아이론을 더 눌렀다. 그녀들의 얼굴이 타들어가는 듯했다. 신이 나서 더 힘을 주었다.

　"주인 없어요?"

　남자가 물었다.

　"무슨 일이에요? 제가 주인이에요."

　남자가 잠시 망설이다가 재킷의 탈색된 부분을 들이밀었다.

　"드라이클리닝이 잘못된 모양이에요."

나는 남자가 내민 재킷의 안감을 뒤져 의류 품질 표시 마크를 찾아보았다. 성분 표시상으로는 순견 100퍼센트라고 되어 있었다. 견은 물세탁만 가능했다. 그런데도 드라이클리닝 표시가 되어 있었다. 사염화에틸렌과 석유계 용제를 다 사용해도 좋다는 표시였다.

"손님이 부탁하신 대로 한 거잖아요. 제조사에서 표시를 잘못한 거지, 해달라는 대로 한 우리 잘못은 아닙니다."

가끔 의류 회사에서 잘못된 세탁 표시를 하는 바람에 세탁소가 곤란을 겪게 되는 일이 있었다. 이럴 땐 무조건 큰 소리를 치고 기선을 제압해야 했다. 남자는 지지 않았다.

"제품 확인을 먼저 했어야죠. 제가 드라이클리닝이 되느냐고 물었더니 된다고 하셨잖아요."

나는 남자에게서 옷을 빼앗아 바닥에 내팽개쳤다.

"맡긴 사람은 당신이잖아."

남자가 어이없다는 듯 소리쳤다.

"어디서 반말을 합니까. 내가 먼저 가능한지 물었잖습니까."

소란을 눈치챈 그녀가 세탁소로 나왔다.

"무슨 일이세요?"

냉정하고 침착한 어조로 그녀가 물었다. 남자는 그녀의

침착함에 목소리를 가라앉히고 조목조목 따지기 시작했다. 잘못된 세탁에 대해 항의하는 것이 아니라 내가 반말을 하고 윽박지른 데 대해 화를 냈다. 싸늘한 눈빛으로 노려보기도 했다. 사람들의 눈빛이 왜 다들 저 모양일까 싶어 스스로가 불쌍해졌다. 상황을 설명하려 했으나 그녀는 내 말을 들으려고 하지 않고 손짓으로 방에 들어가 있으라는 신호를 보냈다.

나는 방으로 가는 척하며 바깥으로 뛰쳐나와 미용실 쪽으로 갔다. 우선 법랑 주전자를 찾아올 생각이었다. 만 원을 대신해 힘들게 받아 온 주전자를 그대로 잃어버릴 수 없었다.

주전자는 여태 미용실 앞 도로에 나뒹굴고 있었다. 찌그러지지는 않았지만 군데군데 긁혀 있었다. 이게 다 은미 때문이었다. 나는 미용실 유리창에 바짝 붙어 은미를 찾았다. 원장과 눈이 마주쳤다. 원장이 들고 있던 가위로 허공을 찔렀다. 샴푸실에서 나온 은미가 나를 보고 마른 주먹질을 해댔다. 내가 얼굴을 들이밀고 웃어 보이는데도 겁먹지 않고 이번에는 나를 향해 가위를 들어 보였다. 나는 주눅 든 채 유리창에서 물러났다.

"자네 그러지 말아. 동네 뒤숭숭한데 자네까지 왜 그러

나. 사람이 죽질 않나, 대낮에 길거리에서 난동을 부리질 않나. 몹쓸 동네야."

치킨집 주인이 혀를 차며 말했다. 행패를 부릴까 봐 걱정되었는지 그는 계속 나를 살폈다.

세탁소에는 남자가 여태 남아 있었다. 그녀는 배상을 하겠지만 소비자보호원에 제조사를 신고해야 한다고 차분한 어조로 설명했다. 내가 들어서자 두 사람이 동시에 나를 노려보았다. 나는 방으로 들어가다 말고 남자에게 주먹을 날리는 시늉을 했다.

그가 누워 있는 방에서는 지독한 냄새가 풍겼다. 다른 방에서는 본드 냄새가 났다. 그녀가 부업으로 받아놓은 헤어밴드를 조립할 때 나는 냄새였다. 세탁소 일을 마친 한밤에 그녀는 밴드에 리본을 붙이는 일을 했다. 리본이 담긴 자루, 머리띠가 담긴 자루, 완성품을 담을 박스가 너저분하게 흩어져 있었다.

그가 누운 머리맡 문갑 위에 어항이 놓여 있었다. 열세 살 때 그가 나를 겨냥해 어항을 던진 이후로 몇 개의 어항이 더 깨졌음에도 늘 비슷한 모양의 유리 어항이 그 자리에 놓였다. 그는 가끔 흐뭇한 표정을 지으며 어항을 올려다보았다. 좁고 탁한 어항 속에서 몸을 움직여대는 금붕어가 신기하다는 듯이. 나를 쳐다볼 때와는 사뭇 다른 눈빛이었다.

처음에는 방이 건조해서 가습기 대용으로 어항을 가져다 두었다. 가습에 별 도움이 되지 않는 걸 알게 된 후에는 그를 위해 사뒀다. 그녀는 네 아버지가 저거 볼 때면 그래도 눈동자가 움직인다고 했다. 그녀도 나도 쳐다보지 않는 그가 금붕어의 유연한 움직임에 반응을 보인다는 뜻이었다.

나는 머리맡에 서서 그를 내려다보았다. 그가 눈을 치뜨고 나를 쳐다봤다. 호령을 하고 싶은지 입을 오물거렸다. 나는 겁먹지 않고 그를 보았다. 검버섯이 핀 얼굴이 움찔거리는 게 볼만했다. 그를 향해 후 하고 입김을 불었다. 기름진 그의 앞머리가 조금 날렸다. 큰 소리를 치고 싶었겠지만 그는 고작 눈을 한번 감았다 떴다. 나는 어항에서 금붕어 한 마리를 꺼냈다. 조금 미끈거렸다. 세숫물을 뜨는 것처럼 쉬운 일은 아니었다. 손가락 사이로 물이 흘러 그의 얼굴에 떨어졌다. 물이 닿자 그가 눈을 감았다. 어찌나 질끈 감았는지 잔주름이 가득했다. 이번에는 검은 반점이 찍힌 금붕어 한 마리를 그에게 던졌다. 금붕어는 곧장 장판으로 튕겨 나가 파닥거렸다.

　나는 왼쪽 발로 장판 위의 금붕어를 살짝 밟았다. 금붕어는 미끄덩거리며 옆으로 빠져나갔다. 발로 그것을 다시 끌어왔다. 아무리 몸을 비틀며 벗어나려고 해도 나를 이길 수는 없을 것이다. 이번에는 발뒤꿈치로 꾹 눌렀다. 팽팽하게 부푼 풍선이 터지기 직전의 긴장과 두려움이 순식간에 지나갔다. 발바닥이 축축해졌다. 그의 이마에 금붕어의 내장이 튀었다. 그가 눈을 부릅떴다.

　나머지 한 마리는 오른쪽 발로 밟아 죽였다. 첫번째 놈을 죽일 때와 달리 물이 사방으로 튀었다. 달아나려고 파닥거리는 게 재미있어서 바닥에 물을 조금 뿌려준 탓이었다. 금붕어를 죽이는 일은 신문지를 돌돌 말아 모기를 잡는 것이나 빗자루로 거미줄을 쓸어내리는 것과 비슷했다. 다른 점이 있다면 튀어나온 내장과 피가 지저분하다는 것이었다. 금붕어 내장과 비늘이 엉겨 붙은 양말을 쓰레기통에 버렸다. 오래전 유리에 찔린 왼쪽 발바닥이 유난히 쑤셔왔다.

　그녀가 방으로 들어와 금붕어가 으깨진 바닥을 보고는 울음을 터뜨렸다. 나는 그녀에게 부엌에 가져다 둔 법랑 주전자를 내밀었다. 그녀는 어느 때보다 세게 그것을 던져버렸다. 나는 일단 세탁소로 몸을 피했다. 세탁소를 아무리 뒤져도 읽다 만 책을 찾지 못했다. 그녀가 아예 내다 버린 모양이었다.

할 수 없이 와이셔츠 다림질을 시작했다. 아이론의 온도를 200도까지 올렸다. 고온으로 달궈진 아이론으로 살갗을 태우는 상상을 하자 지루하기만 한 이 일에 긴장감이 생겼다. 온도를 좀더 올리자 삐 하는 경고음이 났다. 이대로 온도를 높여 세탁소가 불길에 휩싸이는 상상을 했다. 기분이 나아져 다림질 속도가 빨라졌다.

흐린 유리창 너머로 세탁소를 향해 걸어오는 사람들이 보였다. 얼굴이 선명하지 않았으나 세탁소로 오는 건 분명했다. 그런 건 그냥 감으로 알게 되는 법이다. 나는 가게 안을 돌아보며 그들에게 내줄 옷이 어디 걸려 있는지 살폈다. 비닐을 뒤집어쓴 세탁물이 냉동육처럼 천장 가득 매달려 있었다. 몇 년째 자리를 지키고 있는 세탁물도 있었다. 어수선한 가게 안에 노릇하게 옷이 타들어가는 냄새가 퍼졌다. 놀라서 아이론을 들었으나 한발 늦었다. 이미 와이셔츠는 누렇게 변색되어 있었다.

나는 타버린 와이셔츠를 스웨터 안에 숨겼다. 그녀 몰래 내다 버리기 위해서였다. 그녀가 세탁소 쪽으로 나오는 기척이 나기에 가급적 소리 죽여 가게 문을 열었다. 가게를 나오고 나서야 아이론의 다이얼을 끄지 않고 그대로 판에 올려두었다는 생각이 났다. 열이 오를 대로 오른 아이론은 다리미판을 누렇게 태우고 여분으로 세탁소 전체를 홀랑 태워먹을지도 몰랐다. 상상은 했지만 그런 일이 실제로 벌어지면 난감했다. 와이셔츠를 버리는 게 먼저일지, 그녀에게 들킬 것을 각오하고 다시 세탁소로 들어가야 할지 판단이 서지 않았다. 타버린 와이셔츠를 세탁소에 숨길 재간은 없었다. 세탁소 안에 있는 것이라면 무엇이든 그녀가 찾아낼 것이다. 아무래도 와이셔츠를 먼저 버리고 와야 할 것 같아서 공터를 향해 뛰었다. 다급한 발소리가 나를 뒤쫓아 왔다. 그들은 치킨집 주인이 했던 것처럼 뒤에서 나를 결박했다. 나는 다리를 버둥대며 달아나려 했다.

"어딜 도망가려고 그래?"

그들은 경찰이 용의자를 체포할 때 흔히 그러하듯 고지 사항을 읊었다.

"왜 그러는 거예요. 왜 사람을 붙들어요."

"그러게 왜 도망을 가는 거야. 도망가는 건 자백이나 마찬가지란 걸 몰라? 사람을 죽이고도 무사할 줄 알았어?"

"누굴 죽였다고 그래요?"

소리를 지르고 나서 조금 뜨끔해졌다. 달궈진 아이론으로 정말 누군가를 죽이기라도 한 것일까 싶어서였다. 상상만으로 범죄가 된다면 나는 당연히 중형을 받을 것이다.

소리를 지를수록 팔을 죄는 남자들의 힘이 세졌다. 버둥거리는 통에 스웨터 속에 감췄던 와이셔츠가 바닥으로 떨어졌다. 낙담했다. 태워먹은 와이셔츠를 들킬 게 분명했다.

"조용히 가자고."

그들이 윽박지르며 걸음을 옮겼다.

내가 죽였다는 사람은 누구일까. 아파트 여자를 어떻게 했는지, 은미를 어떻게 했는지 잘 기억나지 않았다. 칼을 들어 가슴께를 찌른 것도 같고 단지 햇빛에 반짝이는 칼끝을 홀리듯 바라보았던 것도 같았다. 붉은 피를 보았지만 그것은 그저 죽은 금붕어가 흘린 피였다.

나는 남자들에게 이끌려 차에 올라탔다. 아직 칼라를 죽인 범인이 누구인지 읽지 못했다는 사실이 불쑥 떠올랐다. 프란테가 용의자로 구속되기는 했지만 폴 메인은 언론에 보도되지 않은 내부 정보까지 소상히 알고 있었다. 끌려가는 내내 궁금증이 가라앉지 않았다.

과연 누가 그녀를 죽인 것일까.

＊ 제목과 고딕체 부분은 『마음의 사냥꾼』(존 더글러스·마크 올셰이커, 이종인 옮김, 김영사, 1999)을 변용하였음.

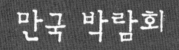

만국 박람회

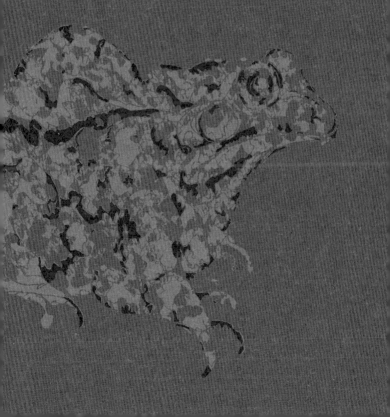

상자는 검은 천을 두른 테이블 위에 놓여 있었다. 원숭이는 꼬리를 붉은 엉덩이 아래로 말아 넣고 테이블 가장자리에 앉아 관객을 쳐다보았다. 사람들은 무료한 표정으로 웅성댔다. 틀림없이 뻔한 속임수나 구경하게 될 거라는 말이 공공연히 오갔다. 삼촌은 지나치게 시간을 끌었다. 겨우 원숭이 한 마리 사라지는 걸 보여주려고 사람들을 오래 기다리게 했다. 갑자기 쏟아진 비가 아니라면 이렇게 모여들지도 않았을 것이다.

삼촌이 마술 공연을 하겠다고 하자 사람들은 코웃음을 치며 말했다. 개나 잡던 손으로 마술은 무슨…… 그래도 과거 서커스로 먹고살았다는 거짓말은 믿어주었다. 나만큼이나 키가 작은 삼촌이 할 만한 일이라고는 서커스밖에 없다고 생각하는 듯했다.

무대에 오른 삼촌은 천을 걷어내고 속이 텅 빈 상자를 보여주었다. 깊고 어두운 상자를 보고도 사람들이 홀리는 기색은 없었다. 여전히 따분해 보였다. 삼촌은 실수인 척 상자를 바닥으로 떨어뜨렸다. 나는 얼른 상자를 받았다. 붕대를 감은 손목이 시큰거렸다. 삼촌이 고맙다며 박수를 유도했다. 몇 사람이 마지못해 박수를 보냈다. 삼촌이 내게 상자 안에 손을 넣어 확인해달라고 큰 소리로 말했다. 상자에 수상한 구멍이 있는 게 아닌지 봐달라는 것이었다. 나는 웃음을 참으려고 부러 심각한 표정을 지으며 상자에 손을 넣었다.

어떻냐, 꼬마야.

삼촌이 선량해 보이는 표정으로 물었다. 삼촌에게 풍기는 선량함은 신체적 특징에서 기인했다. 아동기에 머문 신장, 짧은 팔과 다리, 그에 비해 커다란 머리통은 어디서건 삼촌을 눈에 띄게 했다. 삼촌의 말과 달리 나는 꼬마가 아니었다. 영아 사망률이 높은 시기를 무사히 통과한 만큼 어른이라 할 수 있었다. 무엇보다 삼촌을 먹여 살릴 돈을 벌었다.

손으로 상자를 더듬다가 상자가 숨긴 또 다른 문을 찾

아냈다. 상자는 안쪽에서 밀면 열리는 작은 문을 숨기고 있었다. 나는 충동적으로 문이 열리지 않도록 고리를 걸어 버렸다. 원숭이는 상자에 갇힐 것이고 마술은 실패로 돌아갈 것이다. 삼촌은 앞으로도 내게 빌붙어야 먹고살 수 있을 것이다. 나는 삼촌에게 상자를 돌려주고 사람들을 향해 고개를 끄덕였다. 삼촌이 당연하다는 듯 크게 웃음을 터뜨리고 두 팔을 벌려 감사 인사를 했다.

드디어 삼촌이 어둡고 깊은 상자의 뚜껑을 열었다. 그러고는 철창에 있던 원숭이를 품에 안았다. 원숭이가 삼촌에게 침을 뱉었다. 스트레스를 받아 저지른 짓이었다. 이제껏 삼촌이 웃기려고 한 말에는 무료하게 있던 관객들이 폭소를 터뜨렸다. 삼촌이 무자비하게 원숭이를 때렸다. 원숭이 엉덩이가 더욱 붉게 달아올랐다.

사람들은 그제야 무대 위에서 벌어지는 일에 관심을 보이기 시작했다. 삼촌은 일단 원숭이를 상자에 함부로 구겨 넣었다. 벌을 받아야 마땅하다는 듯 거칠게 다뤘다. 상자에 갇힌 원숭이가 비명을 질러댔다. 삼촌이 잠자코 있으라는 듯 상자를 세게 쳤다.

이윽고 상자에 검은 천이 덮였다. 삼촌이 다시 상자를 치고는 천막 입구로 걸어갔다. 사람들의 시선이 삼촌에게 쏠렸다. 본래 그 틈을 이용해 원숭이는 상자 안의 비밀 문으로 빠져나와 검은 휘장이 둘러진 테이블 아래 숨어야 했다. 나는 두려운 마음으로 계속해서 검은 천이 덮인 상자를 쳐다보았다. 결정적인 순간은 눈 깜짝할 새에 지나갈 것이다. 마술처럼 속임수를 쓰는 일에서는 한시도 눈을 떼면 안 된다.

삼촌이 마술을 위해서는 영험한 하늘의 힘이 필요한데, 비가 내리는 것이 바로 그 증거라며 너스레를 떨었다. 아무도 웃지 않았다. 삼촌은 곧 자신의 실수를 알아챘다. 비를 가지고 농담을 하다니. 바깥에는 찢어진 만국기가 빗속에서도 묵묵히 휘날리고 있었다. 만국기는 이미 울긋불긋한 색깔을 잃고 먹구름처럼 시커멓게 변해 있었다. 바람이 불 때면 휘장끼리 부딪히면서 하늘이 덩달아 요란한 소리를 냈다.

시커멓기는 천막 부스도 마찬가지였다. 박람회장은 테마별로 다섯 개의 전시장이 오륜기 모양으로 배치되어 있었다. 오대양을 상징하듯 넓고 복잡했다. 천막 부스는 전시회 기간 중 안내문을 나눠 주거나 외국어 통역 창구로 쓰인다고 했다. 박람회가 시작되기도 전에 손상된 천막이 많았다. 안내원이나 진행요원보다 수재민이 먼저 천막을 차지한 탓이었다.

삼촌은 두 손으로 빗물을 받아 천천히 상자 쪽으로 왔다. 손에 남은 얼마 안 되는 빗물을 상자에 뿌리고는 상자를 덮은 검은 천을 들어 올렸다. 나는 웃음을 참으려 애썼다. 문이 열리지 않아 원숭이는 상자를 빠져나오지 못했을 것이다. 검은 천이 들썩이는 기색은 없었다. 삼촌은 낭패를 당할 게 뻔했다.

마술로 돈을 벌려는 사람이 삼촌 혼자만은 아니었다. 박람회장에는 속임수를 써서 물건을 팔거나 마술을 보여준다면서 지갑을 터는 사람이 많았다. 사람들은 마술이나 약탈, 강도, 사기 등으로 먹고살았다. 배관공이나 세공사, 미장이 일로 밥벌이를 하는 사람은 얼마 되지 않았다.

삼촌이 상자를 열어 거꾸로 흔들었다. 원숭이가 없었다. 관객들은 별로 놀라지 않았다. 모두들 상자가 비어 있으리라 예상하고 있어서였다. 사람들은 오랜 천막 생활에 지쳐서 속임수인 줄 알면서도 마술을 보러 왔다.

빈 상자를 확인한 사람들이 서둘러 천막을 빠져나갔다. 호기심에 탁자 아래를 기웃거리는 사람도 있었으나 삼촌의 완강한 제지로 소득 없이 자리를 떠나야 했다. 몇몇 조무래기들이 몰려와 마술을 더 보여달라고 졸랐다. 삼촌은 이미 몇 가지 마술을 보여주었다. 휴지를 스카프로 바꾸고 모자에서 손수건 대신 비둘기를 꺼냈다. 삼촌은 야박한 표정으로 아이들을 내쫓았다.

관객이 모두 나간 후 나는 검은 휘장이 둘러진 테이블 아래를 살폈다. 원숭이는 거기 없었다. 삼촌이 정말 마술을 부린 걸까. 원숭이는 어디로 간 걸까. 삼촌은 어리둥절해하는 나를 밀치고 몸을 구부려 탁자 아래를 손으로 훑었다. 그러고는 믿지 못하겠다는 듯 탁자 아래로 기어 들어갔다.

이번에는 상자를 들여다봤다. 상자의 문은 안에서 잠겨 있었다. 원숭이는 그 문을 열지 못한 것이다. 그렇다면 다른 방법이 있었던 걸까. 나는 상자 안으로 다리를 집어넣었다. 아무리 몸을 구겨도 들어갈 수 없었다. 삼촌이 단단한 손으로 내 목덜미를 움켜잡았다. 나는 삼촌을 뿌리치고 빗속으로 달려 나갔다. 손목에 감긴 붕대가 풀려 나풀거렸다. 원숭이 꼬리처럼 가늘고 더러워 보였다.

도대체 원숭이는 어떻게 사라진 걸까.

박람회 개막일이 점점 다가왔지만 관심을 갖는 사람은 많지 않았다. 이른바 박람회의 시대는 갔다고 했다. 박람회의 시대는 갔을지 몰라도 새로운 시대는 계속 다가왔으므로 전시는 진행되어야 했다. 이번 박람회에서는 새로운 시대와 미래에 대한 낙관과 희망을 전시한다고 했다. 박람회장 입구에 내걸린 공사 조감도에 적힌 문구였다. 도살이나 싸움, 속임수로 돈벌이를 하는 삼촌과는 전혀 상관없는 전시였다.

박람회 시설을 임시 숙소로 사용하던 수재민들은 곧 박람회장을 떠나야 했다. 보조금이 형편없이 적고 복구는 암담하기만 해도 개막 일정에 지장을 주어서는 안 되기 때문이었다. 수해는 이 도시만의 일이었다. 세계와 미래를 대상으로 하는 박람회를 연기할 수 없었다.

폭우는 기상 센터의 모든 기록을 갈아치웠다. 일일 최대 강우량은 날마다 경신되었다. 시간대별 최대 강우량과 월별 최대 강우량도 갈아치웠다. 비의 양과 바람의 세기, 천둥과 번개가 흘리고 간 피해가 기상 관측 이후 최대라고 했다. 폭우가 예보되었지만 하수구 범람을 대비하지는 못했다. 공사 중인 박람회장의 토사가 소도시 하수구를 틀어막았다. 역류한 하수 때문에 저지대가 순식간에 물에 잠겼다. 집들은 구정물과 분뇨 속으로 잠겨 들어갔다. 층이 높은 건물도 피해를 입었다. 지하 주차장이 침수되고 강풍으로 고층의 유리가 파손되었다.

　비는 소도시 전체가 물에 잠길 때까지 멈추지 않을 작정인 듯했다. 예보와 예측을 포기한 기상 센터는 피해 상황을 보고하고 더 이상의 피해가 없기를 바란다는 체념 섞인 당부만 늘어놓았다.

　비는 모든 것을 바꿔놓았다. 소도시의 상징인 나무도 뿌리가 뽑혔다. 수령이 오래되고 끝없이 자라나서 세계수라고 불리던 나무였다. 높이 솟은 꼭대기에 새나 원숭이 같은 지상의 동물이 살고, 길고 굵은 뿌리에 뱀과 물고기가 도사리고 있다고 전해져왔다. 폭우에 세계수가 넘어지고 보니 꼭대기에는 산 것이 하나도 없었다. 수맥이 닿지 않아 거칠게 트고 마른 가지가 머리카락처럼 뒤엉켜 있을 뿐이었다. 뿌리에 산다는 뱀과 물고기도 헛소문이라는 게 밝혀졌다.

　가축을 떼죽음으로 내몬 것도 비였다. 우리에 갇혀 있던 닭이나 오리 같은 가금류가 제일 먼저 죽었다. 떠돌던 개와 고양이도 비를 피할 곳을 찾지 못해 죽었다. 버틸 만큼 버틴 죽음이었다. 쥐들이 흙탕물을 따라 흐르다가 죽었다. 쥐는 무너지기 직전 건물을 떠나고 지진이 나기 전 굴에서 도망친다고 알려졌지만 그런 쥐들조차 순식간에 떠밀려 온 물의 기운을 알아채지 못했다.

인근 학교에 수재민 숙소가 처음 마련되었다. 학교는 고지대에 있어서 피해를 받지 않았다. 배수 시설이 잘된 건물이었고 수도와 취사 시설이 있어 숙소로 적합했다. 학교에서도 오래 버티지는 못했다. 수재민의 사소한 도둑질이 이어졌다. 교실이나 실험실에서 보잘것없는 물건들이 사라졌다. 수재민들은 과학실의 비커나 알코올램프 같은 것도 훔쳐갔다. 비커는 물을 마시는 컵으로 쓰고 램프에 든 알코올은 상처 난 곳에 부었다.

양호실에 남아 있는 약은 죄다 도난당했다. 몸이 조금만 불편하면 아끼지 않고 약을 먹었다. 설사가 나올 때는 노란 알약을, 잠이 오지 않으면 과립이 든 캡슐을 먹었다. 어떤 때는 몸이 나았고 어떤 때는 다른 증상이 생겼다. 무슨 약을 먹건 당장 낫지는 않아도 시간이 지나면 나았다.

선생들의 지속적인 항의에 수재민들은 학교를 떠나 공사 중인 박람회장의 천막에 자리를 잡았다. 정비가 되지 않아 토사 섞인 바닥에는 지렁이가 많았다. 삼촌은 지렁이를 잡을 때마다 구호품 상자에 담아두었다. 습기 때문에 상자는 곧 흐물흐물해졌고 지렁이들은 다시 밖으로 기어나왔다. 지렁이는 아무리 몸을 늘여도 잘 끊어지지 않았다. 목숨이 고무줄처럼 질겼다. 몸통을 꾹 누르면 머리나 꼬리가 잘린 채로 꼬물거렸다. 미끄덩거리기만 할 뿐 내장이 터지는 느낌은 들지 않았다. 비가 계속 왔고 지렁이는 더 많아졌기 때문에 이윽고 지렁이를 죽이는 일도 심드렁해졌다.

삼촌과 나는 산 것의 맛을 잃지 않으려고 가끔 지렁이를 삼켰다. 구호품은 대개 딱딱하고 마르고 오래된 제조 식품이었다. 지렁이가 식도를 타고 내려가는 느낌이 들면 참을 수 없이 몸이 간지러워서 키득거리는 웃음이 났다.

동네가 모두 물에 잠겼기 때문에 구호품은 헬리콥터로 하늘에서 뿌려졌다. 계속되는 비와 강풍으로 엉뚱한 곳에 떨어지기 일쑤였다. 사람들은 떨어진 구호품을 주으러 이리저리 달려갔다. 검정색 고무보트를 탄 사람들이 구호품을 가지고 올 때도 있었다. 효과적이지는 않았다. 시간이 많이 걸리고 보트에 실을 수 있는 양이 아주 적었다.

예정대로 박람회가 개막하리라 생각하는 사람은 없었다. 그런데 느닷없이 비가 멈추었다. 촉박하지만 전시장을 수리하고 중단된 공사를 재개하여 개장을 준비할 시간이 있었다. 소강상태인지 기상 조건이 바뀐 것인지 불확실한 가운데 공사가 재개되었다. 간혹 소나기가 내렸는데 공사에 차질을 줄 정도는 아니었다. 도시는 여전히 역류한 하수에 잠겨 있었고 유실된 도로는 복구되지 않았다.

정부가 비를 내리게 했다는 소문이 있었다. 폭우가 시작되기 얼마 전 정부는 대기 건조도를 낮추기 위해 인공 강우 실험을 했고 성공적이라 자평한 적이 있었다. 음모를 주장하는 쪽에서는 정부가 빈민 구제 방안을 찾지 못하자 아예 도시 전체를 쓸어버릴 계획을 세운 것이라고 했다. 반면 정부가 마음만 먹으면 폭우가 아니라 폭탄을 던졌으리라고, 단번에 빈민을 처리하지 폭우처럼 더딘 방법을 쓸 리 없다는 사람도 있었다.

박람회 개최 한 달 전, 기자회견이 열렸다. 사람들은 전시회장 중앙에 설치된 커다란 모니터를 통해 그 광경을 지켜보았다. 관계자들은 이럴 때일수록 성공적으로 박람회를 치러야 한다고 입을 모았다. 정부의 재건을 국내외적으로 과시할 필요가 있었다. 애초에 소도시의 작은 행사로 여겨진 박람회는 수해로 신뢰를 잃은 국가기관에 의해 무게 있게 다뤄졌다. 정부는 수해 복구 이전에 박람회 준비를 서둘렀다. 박람회로 인해 토목, 철강, 시멘트, 기계, 서비스 등 모든 업종에 혜택이 돌아갈 것이다. 도로와 항만 등 공공시설은 폐막 이후 도시의 자산으로 남을 것이다.

박람회를 위한 모든 투자가 결국 경제 규모의 확대를 가져올 것이며 국가 신용도 제고로 더 많은 투자를 유치하리라 기대되었다.

공사가 진행되던 중 한 포클레인이 흙더미에 묻힌 백골을 파냈다. 포클레인 기사는 당장 공사를 중단해야 한다고 수선을 떨었으나 사람들은 태연했다. 이 지역은 오래전 전쟁의 격전지였다. 백골 수십 구가 발견된다고 해도 놀랄 일이 아니었다. 게다가 인골은 신원 조회가 불가능할 만큼 오래된 것이어서 오히려 사람들을 안심시켰다. 공사는 계속되었다. 그만한 일로 공사를 중단할 수 없었다.

박람회 개막식에는 마술사의 축하 공연이 예정되어 있었다. 세기의 마술사라 일컬어지는 만큼 이번 공연이 취소되면 몇 년 후에나 일정을 잡아야 했다. 박람회장 입구에는 마술사의 공연을 알리는 거대한 플래카드가 나붙었다. 플래카드는 수재민용 천막의 수만큼이나 많았다. 천막 사람들은 마술사가 박람회장을 없애러 오는 것이라고 떠들어댔다.

마술사는 몇 해 전 거대한 조각상을 사라지게 하는 마술을 선보였다. 온몸에 쇠사슬을 묶고 철제 뚜껑이 달린

관에 실려 폭포에서 탈출하는 마술도 성공적으로 마쳤다. 그를 태운 보트가 폭포 아래로 떨어졌는데, 얼마 후 마술 사는 폭포 아래쪽에서 헬리콥터에 매달려 무사히 올라왔 다. 물에 젖은 흔적은 없었다. 애당초 물에 빠진 적이 없었 을 테니 당연한 일이었다. 물에 빠진 꼴로 나타났다면 마 술이 아니라 한낱 묘기였을 테니까.

그는 과거 한 나라의 군사시설인 장성을 통과하는 일도 했다. 거대한 천으로 몸을 가리고 천을 위아래로 여러 번 흔들자 그가 서 있는 공간이 완전히 바뀌었다. 그가 순식 간에 장성의 반대편에서 나타나자 구경꾼들이 탄성을 내 질렀다. 그는 단단한 돌로 이루어진 장성을 먼지처럼 햇살 처럼 바람처럼 넘어섰다. 감옥을 탈출하는 마술도 부렸다. 시도를 하는 사람은 많았으나 아무도 성공하지 못한 마술 이었다. 그가 빠져나간 창살은 고무도 아니고 가짜도 아니 었다.

마술사를 단지 카메라앵글 조작에 능통한 쇼 기획자라 고 비난하는 사람도 있었다. 그의 모든 마술에 등장하는 증인들은 고용된 것이며 드라마처럼 편집된 화면을 이용 해 관객으로 하여금 대단한 마술을 본 듯한 착각에 빠뜨 린다는 것이다. 애초에 거대한 조각상이나 특급열차가 사라질 리 없었다. 마술사는 원본과 똑같이 만들어진 세트에서 공연을 하는 것뿐이었다. 몇 년간 거짓 세계를 만드는 수고를 감수한 후에 단 한 차례 마술 쇼를 진행하는 것이다. 마술사가 비밀을 밝힌 적 없어 구체적인 방법에 대해서는 추측만 분분했다.

의심 많은 노인들은 세기의 마술사를 마녀의 자식이라고 비난했다. 그들은 마술사가 인간의 두개골을 파내어 물사발로 쓰고 마을의 노인을 죽이며 공연 전에 태아를 짜낸 즙을 마신다고 했다. 그가 가진 특별한 힘은 어린아이의 살을 뜯어 먹거나 다른 사람의 피에서 나온다고 했다. 그런 말은 어린아이도 믿지 않았다. 어쨌거나 사람들은 모두 마술사의 공연을 보고 싶어 했지만 수재민으로서 꿈도 못 꿀 액수의 공연이었다. 플래카드에 있는 마술사의 얼굴은 피곤하고 따분해 보였다. 그의 얼굴이 인쇄된 포스터는 내 키만큼이나 컸다. 그렇게 큰 사람을 본 적이 없었다. 어쩌면 마술사는 거인인지도 몰랐다.

삼촌은 사라진 원숭이는 안중에 없다는 듯 개를 잡는 일로 돌아갔다. 개의 명치가 갈라진 윗부분을 칼로 조금 잘랐다. 칼날이 너무 커서 자칫 살을 벨 뻔하자 삼촌은 날카롭고 작은 칼이 있었으면 좋겠다고 투덜거렸다. 날이 큰데 비해서 갈라진 틈은 아주 작았다. 명치가 갈라진 개는 사지가 묶인 채로 버둥거리며 신음 소리를 냈다. 나는 개에게서 고개를 돌리지 않았다. 몸을 떨거나 침을 뱉지도 않았다. 정말 끔찍한 것은 죽어가는 개를 오랫동안 고통스럽게 방치하는 짓이다. 산 채로 나무에 매달아 패거나 끓는 물에 넣어 털을 뽑으면서 익어가기를 지켜보는 일 말이다.

삼촌은 명치의 갈라진 틈으로 손을 집어넣었다. 개는 어느 때보다 크게 울부짖었다. 죽음을 감지하고 내지르는 소리였다. 여리게 뛰는 맥을 끊어버리는 것으로 삼촌의 일이 끝났다. 죽음까지는 채 1분도 걸리지 않았다. 나는 죽은 개를 눕혀놓고 두들겨 팼다. 주먹을 단련하기 위해서였다.

수해로 버려진 개가 많아지면서 삼촌은 더 바빠졌다. 투견으로 키울 수 있는 개를 내다 팔았다. 유독 성질이 포악하고 이빨이 날카로운 개는 직접 훈련시켰다. 먹을 것이 부족해지면서 개들은 점점 더 사나워졌다. 그들 중 몇은 실제 투견에 동원되었다. 삼촌은 사람들에게 돈을 걸게 했고 개들이 서로 물고 물리다가 죽어가는 것을 지켜보게 했다. 삼촌의 개들은 자주 어린아이를 물었다. 침을 흘리면서 이빨을 드러내고 으르렁거렸다. 삼촌은 어떤 보상도 하지 않았다.

삼촌에 의하면 부모는 나 말고 네 명의 아이를 더 낳았다. 삼촌의 말은 태반이 거짓말이어서 믿을 수는 없었다. 어쨌든 그 말대로라면 부모가 낳은 다섯 명의 아이 중 유일하게 살아남은 것은 나 하나다. 삼촌은 그들이 아이를 잃을 때마다 진심을 다해 위로했다. 애는 자라면 형님을 성가시게 했을 거요. 자라기도 전에 전염병에 걸려 죽었을 거요. 애는 특히 명줄이 짧은 게 어차피 금세 죽었을 테니 슬퍼하지 마소. 삼촌의 말 때문이었는지 부모는 곧 상심을 누그러뜨렸다. 부모는 죽은 아이들을 집 근처 아무 데나 묻었다. 그들은 자주 이사를 다녔고 떠나온 곳으로 다시 돌아가지 않았다. 어린아이의 죽음은 부모의 인생에서 아주 사소한 사건이었다. 운이 나쁜 일일 수도 있었다. 그 애들이 착실하게 자라서 돈을 벌어 왔으리라 생각하면 상실감이 느껴졌다.

사정이 나쁠수록 돈벌이에 성공하는 사람은 어린아이들이었다. 구걸이나 도둑질, 아니면 도박판의 노리개가 되는 것도 나이가 어릴수록 쉬웠다. 수재민 중에서도 주로 어린아이들이 돈벌이에 나섰다. 말재주가 좋은 아이는 손금을 보며 운명을 점쳐주거나 꿈 해몽을 했다. 힘이 센 아이는 집 안의 여러 가지 물건에 마법을 걸어두었다고 협박해서 구호품을 빼앗아 왔다. 염력으로 숟가락을 구부릴 수 있다고 우기기도 했고 태엽을 감은 시계가 도는 게 자신의 마법 때문이라고도 했다.

우리의 경우도 돈을 버는 사람은 나였다. 사람들은 내가 나서는 싸움에 돈을 걸었다. 돈이 걸린 싸움에서 이기는 사람은 돈을 적게 건 쪽이었다. 누구나 알고 있는 속임수지만 늘 그럴 수는 없었다. 간혹 예상된 결과가 나와야 뻔한 싸움에 계속해서 돈을 걸었다. 삼촌과 나의 벌이는 순전히 내 나이와 운에 달렸다. 사람들은 상대보다 나이가 어리다는 이유로 내게 돈을 걸었다. 똑같은 이유로 상대에게 걸 때도 있었다. 삼촌은 어떤 때는 돈을 조금 땄고 어떤 때는 전부 잃었다. 경기에서 자주 진다는 것은 곧 그만큼 가난해진다는 뜻이었다. 자주 패할수록 경기 횟수가 줄어들었다. 수해를 입은 후로 경기를 벌일 수 없었다. 폭우에 잠긴 집을 내팽개치고 이곳으로 올라온 사람들에게는 아이의 울음소리부터 구호품의 분배까지 모두가 싸울 거리였다. 굳이 돈을 내거는 싸움에 흥미를 느낄 이유가 없었다.

삼촌은 박람회 개막에 맞춰 큰 경기를 계획했다. 박람회장에 오는 사람 중 경기에 흥미를 갖는 사람이 있을 것이다. 나는 틈만 나면 달리기를 하며 몸을 단련했다. 박람회장을 돌 때는 천막 주위의 물길에 빠지지 않도록 주의했다. 안으로 흘러드는 빗물을 막기 위해 천막을 따라 길게 낸 물길은 처음에는 겨우 발등을 적실 만큼 얕았지만 점점 깊어졌다.

사라진 원숭이는 어디에서도 나타나지 않았다. 삼촌은 원숭이가 자신에게 침을 뱉은 것에 아직도 화가 나 있었다. 원숭이가 돌아오면 개처럼 명치를 갈라버리겠다고 했다. 그런데 원숭이는 찾았어? 나는 삼촌에게 물었다. 삼촌은 원숭이를 찾을 이유가 없다는 듯 어깨를 으쓱해 보였다. 삼촌의 뒷모습은 개를 닮았다. 나와도 닮았다. 우리의 조상은 산맥이나 깊은 습지에서 은둔 생활을 하거나 낯선 지방 사람들을 상대로 약탈하고 물물교환으로 겨우 목숨을 이어갔을 것이다. 추운 나라의 한곳을 차지하고 마술이나 노략질, 사기로 연명하던 사람들이었을 것이다. 몇 대에 걸쳐 땅을 일구고 거듭 씨를 뿌리고 자손을 늘려가던 사람들이 우리를 낳았을 리 없다.

삼촌이 밖으로 나간 사이 나는 원숭이가 사라진 상자

속으로 몸을 쑤셔 넣었다. 처음에는 몸통의 절반만 겨우 들어가더니 차츰 더 상자 속으로 몸을 넣을 수 있었다. 몸이 다 들어가면 나는 상자에 천을 두르고 검은 휘장이 쳐진 탁자 위로 올라갈 것이다.

한밤중의 전시회장은 폐가처럼 보였다. 야간 공사를 위해 열어둔 문을 찾으러 전시회장 주변을 몇 바퀴나 돌아야 했다. 숨이 턱까지 차올랐을 때 겨우 문을 발견했다. 전시회장에 부속된 것치고는 너무 누추해서 눈에 잘 띄지 않았다. 야간 공사를 하는 인부들은 나를 의심하지 않았다. 퇴거일이 하루 앞으로 다가오자 수재민들은 잠을 못 이루고 박람회장을 서성였다. 남은 사람이 얼마 되지 않았다. 대부분 제집이 낫겠지 싶어 보조금을 받자마자 떠났다. 삼촌은 오물 범벅이 된 길을 따라 내려갔다 오더니 집이 아직도 물에 잠겨 있다고 했다.

삼촌은 개막일에 맞춰 진행될 경기 준비에 여념이 없었다. 나를 훈련시켰고 사람들을 모아 돈을 걸게 했다. 세기의 마술사 얼굴에 경기 포스터를 붙였다. 어차피 수재민 중 가격이 비싼 마술사의 공연을 보러 가는 사람은 없을 테니 상관없었다. 포스터에는 웃통을 벗은 채 주먹을 쥐고 정면을 응시하는 내 모습이 인쇄되어 있었다. 가슴은 뼈가 도드라질 정도로 밋밋했다. 그래도 붕대를 감은 주먹은 얼굴만큼 크고 치뜬 두 눈이 사나웠다.

마땅히 연습할 상대가 없어 죽은 개의 몸뚱이에 주먹질을 했다. 그마저 게을리하면 삼촌이 내게 매질을 했다. 그만큼 이번 경기에 큰돈이 걸렸다는 뜻이었다. 이번에 내가 맡은 역할이 이기는 쪽인지 지는 쪽인지 알 수 없었다. 삼촌은 아무 언질도 해주지 않았다.

삼촌은 내가 태어나기 훨씬 전 다른 도시에서 열린 박람회에 다녀온 적이 있었다. 거기서 뭘 봤느냐고 묻자 삼촌이 짧게 대답했다. 더럽게 많은 인간. 아이들은 부모를 잃었고 손을 잡은 부부는 헤어졌으며 어슬렁거리던 거지와 개는 밟혀 죽었다. 외국 언론은 개장과 동시에 몰려든 군중을 돌진하는 버팔로 떼에 비유했다. 돈도 안 되는 일에 그렇게 인간이 모이는 건 딱 질색이야. 삼촌이 말했다.

이번 박람회는 내게 첫번째 박람회였다. 나는 손꼽아 개막을 기다렸다. 미래가 어떤 모습인지 똑똑히 봐둘 생각이었다. 칼로 명치를 잘라 개의 숨을 끊는 삼촌에게 미래는 어떤 시간일까. 세기의 마술사에게 미래는 검은 천 없이 속임수를 쓰는 시간일까. 내게 미래란 짐작할 수 없는, 알

바 아닌 시간이었다.

　다섯 개의 전시장을 돌며 잠기지 않은 문을 열어보니 검은 피부를 가진 사람들이 투명한 유리 벽 안에 앉아 있었다. 인형인 줄 알았으나 사람이었다. 그들은 내게 알아들을 수 없는 언어로 말을 걸었다. 유리벽에 막혀 잘 들리지 않았다. 나는 얼른 그 방에서 도망쳐 나왔다.

　또 다른 방은 눈을 뜰 수 없을 정도로 밝았다. 중앙에 수십 개의 전구로 장식한 탑이 놓여 있었다. 탑 가운데 움푹 파인 곳에 나는 몰래 죽은 원숭이를 내려놓았다. 원숭이는 형체가 희미해지면서 거대한 빛의 덩어리가 되었다. 눈이 시려서 오래 볼 수는 없었다. 원숭이는 퇴거를 위해 천막을 치우는 과정에서 발견되었다. 삼촌과 내가 기거하던 천막 뒤쪽 물길에 원숭이가 물에 불어 거대해진 몸집으로 엎어져 있었다. 삼촌과 나는 원숭이에게 침을 뱉었다. 우리가 할 수 있는 유일한 추모였다.

　한 전시장은 텅 비어 있었다. 거기에 말라 죽은 지렁이, 너덜해진 개의 가죽, 유효기간이 지난 구호품 봉지, 찢어진 만국기, 학교에서 훔쳐 온 비커와 알코올램프, 의약품 등을 내려놓았다. 그러자 기분이 나아졌다.

　박람회 개막식에는 많은 인파가 몰렸다. 매표소로 쓰는

천막이 찢어졌다. 기다림에 지친 군중이 돌을 던져 전시회장의 유리벽을 파손시켰다. 마술사의 공연은 박람회보다 더 성황을 이뤘다. 공연 내용은 끝까지 비밀에 부쳐졌다. 공연이 벌어지는 장소에는 마술사의 거대한 얼굴 그림이 걸렸다. 모두들 이번에 사라지는 것이 무엇일지에 대해 얘기를 나눴다.

삼촌은 사람들의 관심을 끌려고 나를 서둘러 철창 안으로 들여보냈다. 철창 문은 바깥에서만 열렸다. 내가 아무리 얻어맞아도 삼촌은 절대로 문을 열어주지 않을 것이다. 싸움을 벌일 상대는 아직 나타나지 않았다. 이번만큼은 삼촌도 끝까지 상대에 대해 알려주지 않았다. 나는 바닥까지 끌리는 망토를 쓰고 철창 안을 걸어 다녔다. 그런 복장은 몸을 더 작고 위축되어 보이게 했다. 그래도 삼촌은 선수라면 그런 옷을 입어야 한다고 했다. 아마도 이번 경기에서는 위대한 싸움꾼처럼 보일 필요가 없는 모양이었다. 상대는 나보다 훨씬 강할 게 분명하고 아마도 나는 지는 역할을 맡았을 것이다. 삼촌 역시 내가 처참히 죽는 데 큰돈을 걸었을 것이다.

나는 크게 소리 지르며 두 팔을 번쩍 들어 올렸다. 그 바람에 망토가 벗겨지면서 마른 가슴이 드러났지만 사람들은 함께 함성을 질러줬다. 삼촌이 굵고 짧은 팔을 올렸다 내리면서 끊임없이 함성을 유도했다.

잠시 후 나와 싸울 상대가 모습을 드러냈다. 시커멓고 거대하고 단단한 가죽처럼 보이는 개였다. 개는 침을 질 질 흘리고 있었다. 며칠 먹이를 먹지 못했는지 철창 밖에 서부터 나를 노려보며 으르렁거렸다. 이것은 경기라기보 다는 싸움이었고 싸움이기보다는 내기였다. 어쨌든 돈을 벌면 끝이었다. 설혹 처참하게 패해 개에게 목을 물려 피 를 철철 흘리면서 죽게 되더라도 말이다. 살아남느냐가 아니라 얼마나 오래 버틴 후에 죽느냐가 관건이었다.

개가 철창 안으로 들어오자 돈을 주고받는 사람이 더 많아졌다. 나는 개를 피하지 않을 작정이었다. 개를 피해 도망가면 나중에는 칼을 쓰는 싸움에 나서게 될 것이다. 삼촌은 증오보다 이성적인 것은 없으며 복수보다 정당한 것은 없기 때문에 모든 싸움은 정당하다고 말했다. 그것은 삼촌 입에서 나오는 대부분의 말과 달리 진실처럼 느껴졌 다. 개는 자신을 굶주리게 한 인간에 대한 증오로 가득 차 있었다. 이성적이고 정당한 것은 내가 아니라 개였다. 개 는 털을 빳빳이 세웠다. 귀와 꼬리를 힘껏 세우고 으르렁 거리면서 입술을 젖혔다. 관중은 철창에 바짝 붙어 서서

개를 응원했다.

내가 죽으면 경찰이 올까. 오늘은 경찰에게도 바쁜 날일 것이다. 박람회 개막일이고 세기의 마술사 공연도 있으니까. 너무 바쁜 나머지 이런 불법 공연은 단속하지 않을 것이다. 사실 경찰도 믿지 못했다. 경찰은 아이들에게 일부러 물건을 훔치게 한 후 훔친 물건을 빼앗고 아이들을 철창에 가두었다. 돈을 받고 불법행위를 눈감아주는 일도 잦았다. 가난하기는 경찰도 마찬가지니까. 마약이나 총기 밀매를 시키지 않는 것만도 다행이었다.

나는 종이 울리기도 전에 아직 삼촌이 목줄을 잡고 있는 개에게 발길질을 했다. 삼촌이 개를 풀어주자 시작종이 울렸다. 내게는 끝을 알리는 경고로 들렸다. 순식간에 개가 내게 달려들었다. 바짓가랑이를 물고 늘어지다가 서서히 이빨을 박아 넣고 나를 노려보았다. 내가 어떻게 할지 지켜보는 듯했다. 사람들이 함성을 질렀다. 개를 자극하기 위해서였다. 무릎에서 피가 쏟아져 나왔다. 지금 주저앉을 수는 없었다. 그것은 개에게 물려 죽겠다는 의미였다. 삼촌은 흰 수건을 던져주지 않을 것이고 개를 피해 달아나도록 철문을 열어주지 않을 것이다. 나는 물리지 않은 다리로 개의 옆구리를 걷어찼다. 내가 가진 유일한 무기는 당장 싸움을 포기하는 것이었다. 다리에서 계속 피가 흘렀다. 삼촌은 경기가 이렇게 시시하게 끝나리라는 것을 예상했을까. 나는 달려드는 개에게 주먹을 날렸다. 개가 내 주먹을 물고 놓아주지 않았다. 나는 크게 울부짖었다. 개가 우는 소리처럼 들렸다.

철창에 누워 있는 내게 빛이 쏟아져 내렸다. 불현듯 눈앞에 검은 상자가 나타났다. 상자 안에서 죽은 원숭이가 나왔다. 원숭이는 내게 침을 뱉었다. 나는 원숭이를 밀쳐내고 상자로 들어가 몸을 숨겼다. 으르렁거리는 개의 신음소리가 들려왔다. 원숭이가 힘겹게 뚜껑을 닫아주었다. 점차 시야가 까맣게 변했다. 날카로운 이빨을 드러낸 시커먼 개의 몸뚱이가 희미해지기 시작했다. 창살이 촘촘히 박힌 철창이 사라졌다. 경기가 벌어지는 천막도, 팔짱을 끼고 지켜보는 삼촌도 보이지 않았다. 나는 그 모두와 함께 거대한 힘에 이끌려 알 수 없는 공간 너머로 가고 있었다. 유일하게 곁에 남은 사람은 거대한 얼굴의 마술사였다. 마술사는 진심이라는 듯 희미하게 웃었다.

서쪽 숲

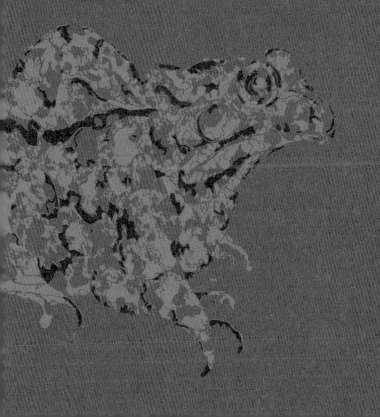

도시 외곽에는 감옥이 있었다. 방이 많은 감옥이었다. 방은 대개 비었다고 알려져 있지만 꽉 찬 것이나 마찬가지라고 했다.

모든 방에서 소리가 들려요.

사내가 말했다.

어떤 방에서는 밤새 노랫소리가 들리죠. 어떤 방에서는 수백 명의 노인이 줄넘기를 해요. 한꺼번에 발을 맞춰 줄을 넘을 땐 바닥이 쿵쿵 울려요. 어디선가 물을 트는 소리도 들리죠. 수도도 없는데 말이에요. 잠시 뒤에는 문 아래로 스멀스멀 물이 흘러나오죠. 놀라서 감시창을 들여다보면……

사내가 말을 멈추고 여자를 쳐다봤다.

한 여자가 검고 긴 머리카락을 감고 있어요. 문은 마음만 있으면 열 수 있죠. 잠겨 있지 않거든요.

사내는 닫힌 문 안쪽을 계속 들여다보았다고 했다. 여자가 노래 부르는 소리도 들었다. 나중에 보니 그것은 문이아니라 벽이었다.

원래 잠을 못 자면 헛소리가 들려요. 헛것이 보이기도하고요.

여자가 약을 내밀며 대꾸했다. 시 외곽에는 거대한 공장과 검은 물이 흐르는 강이 있었다. 감옥은 없었다. 사내는 여자가 내미는 약을 받아 들었다. 흰색 알약과 갈색 병에 든 물약이었다. 제조사와 성분 표시가 붙어 있지 않은약이었다. 여자는 무료한 표정으로 사내의 얘기를 들었다. 힐끔거리며 옆모습을 훔쳐보기도 했다. 잠을 자지 못해 퀭한 사내의 두 눈이 여자의 형제와 닮아 보였다.

방마다 뭐가 있는 줄 알아요?

약병을 열려다 말고 사내가 물었다. 여자는 의심을 샀을까 봐 단호한 표정을 지었다. 사내에게 준 약은 관절염 치료제였다. 사내가 달라고 한 불면증 약과는 아무 상관이없었다. 사내는 물약을 들이켰다.

도시에 감옥이 있다는 얘기는 들어본 적 없어요.

여자가 태연하게 대답했다.

방마다 귀신이 있어요.

사내는 여자가 놀라기를 바란다는 듯 목소리를 낮추었다. 여자는 인상을 찡그렸다. 죽은 것들의 얘기에는 관심이 없었다. 죽어서 떠도는 혼령들 얘기라면 더더구나 관심이 없었다. 그런 것은 도시 어디에나 널려 있었다.

사내가 약국을 나가자마자 여자는 엉덩이를 들고 접수대 아래 바닥에 앉았다. 벌린 두 다리 사이로 노란 오줌이 흘러나왔다. 전화 약속이 있는 날에는 약국을 비울 수 없다 보니 언제나 용변이 문제였다.

사내는 내일 아침 다시 나타날 것이다. 뜬눈으로 환각과 망상에 시달리는 밤을 보낸 후 불면을 호소하며 약국에 찾아와 밤새 만난 귀신 얘기를 늘어놓을 것이다. 여자는 사내가 있던 자리를 눈으로 살펴보았다. 여자가 일부러 딴짓을 하는 사이 그는 종종 약을 훔쳐 주머니에 넣었다. 두통약, 지사제, 강장제 같은 흔한 약에서부터 스테로이드제 연고와 포장만 봐서는 용도를 짐작할 수 없을 리도카인 국소마취제까지. 훔쳐 간 약은 닥치는 대로 집어삼키는 것 같았다. 잠이 안 오는 밤이면 지사제를 먹고 환각에 시달릴 때면 두통약을, 간혹 마취제를 입에 털어 넣고 주검

같은 딱딱한 밤을 보낼지도 모른다.

　이리 좀 들어와보거라.

　기다렸다는 듯 노인이 여자를 불렀다. 여자는 전화 핑
계를 댔다. 잠시도 자리를 비울 수 없다는 건 노인도 잘 알
았다.

　언제 제시간에 전화가 오더냐.

　노인이 퉁명스럽게 말했다.

　노인은 옷을 가슴께로 걷어 올린 채 빳빳하게 누워 있
었다. 앙상하게 뼈가 도드라진 가슴이 시커멨다.

　여기가 답답하다, 여기가.

　노인이 가슴뼈 아랫부분을 가리키며 울듯이 말했다. 여
자는 노인이 가리킨 곳을 손바닥으로 꾹꾹 눌렀다. 속이
비고 무른 뼈가 만져졌다. 여자의 손이 닿을 때마다 노인
이 얕은 신음 소리를 냈다. 그는 자신의 통증이 도시 한복
판에 있는 무덤 탓이라고 했다. 무덤의 습기와 냉기가 도
시를 휘감으면서 전신에 동통을 일으킨다는 것이다. 통증
이 심한 날이면 담뱃불을 가슴팍에 댔다. 그러면 잠시 통
증을 잊을 수 있다고 했다. 효험이 좋다는 약초를 찧어서
팥알만 한 크기로 아픈 곳에 붙이고 누워 있기도 했다. 약
초를 떼고 나면 그 자리에 물집이 생겼다. 노인이 생각해

186

낸 치료는 통증을 잊을 만한 자극을 만드는 것이었다. 통증 때문인지 노인은 몸이 마르고 살갗이 차츰 푸르게 변했다. 성질이 다른 여러 종류의 약물이 체내에서 부작용을 일으키는지도 몰랐다.

여자는 아는 사람의 소개로 약국 주인인 노인을 만났다. 노인은 건강이 나빠지면서 일을 관뒀다. 뼈와 관절에 이상이 왔는데 약초 달인 물을 아무리 먹어도 몸이 낫지 않았다. 종일 무릎과 허리에 패치를 붙이고 있었다. 패치로 견딜 수 있는 시간은 갈수록 짧아져 얼마 전부터는 아예 내실에 있다가 약을 달일 때만 몸을 움직였다. 그는 통증이 심해지자 민간에서 전해 오는 방식으로 제조한 약을 먹었다. 노인의 말에 의하면 천지에 널린 것부터 억만금을 줘도 못 산다는 약초까지 다 넣고 달인 약이었다. 그중에는 고양이를 삶아 우린 물도 있었다. 약효는 조금씩 달랐지만 약국에서 파는 게 불법이라는 점에서는 같았다. 간혹 약국에서 노인을 찾는 손님들이 있었다. 그들은 은밀하게 고양이 우린 물과 약초 삶은 물, 지네 가루 같은 것을 찾았다. 여자는 노인이 외출 중이라고 둘러대고 그들을 돌려보냈다. 면허 없는 여자가 약을 팔고 노인이 병으로 앓아누웠다는 소문이 퍼지면서 매상은 점점 떨어졌다.

약국에서의 일은 형식적인 것이었다. 노인과 여자는 소장이 지시한 의뢰인에게 서류를 전달하는 일을 했다. 의뢰인은 제 편의대로 전화를 걸어 약속을 잡았다. 약국 문을 닫았거나 화장실에 앉아 있거나 곤하게 잠들어 있다가도 반드시 전화를 받아야 했고 그들이 원하는 시간과 장소에서 서류를 건네야 했다.

소장은 용무가 있을 때만 전화를 걸어 의뢰 사항을 전달했다. 여자가 소장에 대해 아는 것은 목소리가 전부였다. 피곤한 듯 갈라진 목소리만으로 소장의 나이를 짐작하기는 어려웠다. 안부를 묻는 법은 없으나 서로 전화를 한다는 것은 무사하다는 뜻이었다. 안부는 그것으로 충분했다.

여자는 약국에 앉아 하루 종일 의뢰인의 전화를 기다렸다. 화장실에 가거나 산책을 하거나 외부로 식사하러 나가는 것은 불가능했다. 내실에서 낮잠을 자거나 관광객 무리에 섞여 무덤을 구경하러 가지도 못했다. 단번에 전화를 받지 않으면 문제가 생겼다 판단되어 의뢰가 즉각 취소되었다.

한번은 여자가 전화를 받지 않은 실수를 저지르자 소장이 차갑게 말했다.

의뢰인에 대해 알고 있는 게 좋겠습니다. 보통 생각하듯이 그들은 가난하거나 힘이 없거나 부정한 사람이 아닙니다. 그냥 보통 사람들이에요. 그렇기 때문에 특별한 힘을 가진 사람들이지요. 사소한 실수가 때로 우리 목숨을 위협합니다.

여자는 그때 화장실에 있느라 전화를 받지 못했다. 계속해서 전화벨이 울려 노인이 내실에서 기다시피 약국으로 나와 전화를 받았다. 의뢰인은 약속과 달리 남자가 전화를 받자 깜짝 놀라서 끊어버렸다. 그러고는 곧장 소장에게 전화를 걸어 다시 한번 이런 일이 생기면 거액의 위약금을 물게 되리라고 위협했다. 더는 이 일을 못 하게 되리라고도 했다. 소장의 말에 의하면 의뢰인들은 서류 몇 장으로 무슨 일이든 할 수 있는 사람이었다. 여자는 조심하겠다며 서둘러 전화를 끊었다. 위협이 두려운 게 아니라 소장의 갈라진 목소리를 참을 수 없었다.

"보통 생각하듯이"라는 소장의 말은 틀렸다. 여자는 한 번도 서류의 주인을 상상해본 적이 없었다. 그들은 단단하게 밀봉된 봉투 속에만 존재했다. 서류를 건네줄 때 마주치는 사람이 의뢰인인지 대리인인지 알 수 없었다.

서류는 주로 도심지의 번화가에서 건넸다. 간혹 공장 지대일 때도 있었지만 대개는 관광객이 분주히 오가는 무덤 주변이나 상인들로 붐비는 시장 거리, 큰 상점 앞 등이었다. 비밀스러운 일일수록 사람이 많은 장소가 적합했다. 사람들은 주변 일에 무심했다. 상대가 모자를 깊게 눌러쓰고 마스크로 얼굴을 가리고 나타나리라는 여자의 예상은 매번 틀렸다. 그들은 어느 장소이건 그곳에 가장 어울리는 차림으로 나타났다. 눈에 전혀 띄지 않는 차림이었다.

그래도 여자는 봉투 안에 든 서류에 대해서는 간혹 상상했다. 대개 봉투는 속이 텅 빈 듯 얄팍했다. 기껏해야 서류가 한 장 들어 있는 것 같았다. 무엇인지 몰라도 합법적인 서류는 아닐 터였다. 발행처나 행정기관이 위조된 서류말이다. 서류의 내용을 알려는 것은 의뢰인을 알려는 것보다 더 위험했다. 그러려면 봉투를 뜯어야 하는데, 자칫 흔적이 남으면 곤란했다. 봉투는 단단히 봉인되어 있었고 밀봉 부위에 선명한 붉은 도장이 찍혀 있었다. 도장에 새겨진 이름은 획이 많고 복잡해서 알아보기 쉽지 않았고 매번 달랐다.

처음에는 공장 가는 길을 무척 헤맸다. 길을 아는 사람이 없었다. 공장에서 근무하거나 공장에 가본 사람은 많지 않았다. 이 도시에서 내내 산 노인도 몰랐다. 그래도 공장의 존재에 대해서는 의심하지 않았다. 계속해서 뿜어져 나오는 검은 연기와 기계 소음 때문이었다. 기계 소리는 도시 어디서나 배경음처럼 들려왔다. 검은 연기는 낮은 지붕처럼 도시를 내리눌렀다. 간혹 바람이 불면 연기가 흩어져 푸른 하늘이 드러났다. 공장으로 가는 길을 안다는 사람이 있기는 했다. 그들이 말해준 길은 제각기 달랐다. 어떤 사람은 약국에서 얼마 멀지 않은 곳이라고 했다. 검은 연기와 기계 소음이 가까운 게 그 증거라면서. 어떤 사람은 서쪽 끝에 공장이 있다고 했다. 강의 발원지인 북쪽에 공장이 있다는 사람도 있었다.

관공서에서 지적도를 살펴보니 도시는 둥글고 길쭉한 공 모양이었다.

공장에는 왜 가려고 하죠?

지적도를 보여준 관공서 직원이 물었다. 여자는 당황하여 공장에서 일하는 친구를 만나러 간다고 둘러댔다.

공장에서 일하는 사람이 있긴 하군요.

관공서 직원이 말을 이었다.

그럼 그 친구한테 물어보면 되잖아요.

여자는 할 수 없이 무작정 도시 끝으로 갔다. 약속 시간에 대려면 더 시간을 끌기 어려웠다. 한참 헤맨 끝에 공장을 찾고 나서야 길을 알려준 사람들의 말이 다 맞았다는 걸 알았다. 공장은 도시 외곽을 성벽처럼 둘러싸고 있었다. 방향에 따라 서쪽이라거나 동쪽이라고 할 수 있었다. 북쪽에도 있고 남쪽에도 있었다. 직선거리로 생각하면 약국에서 그다지 멀지 않다는 말도 맞았다.

공장 입구에서는 검은 강이 보였다. 강은 타이어처럼 시커멓고 물컹해 보였다. 노인을 따라 처음 도시로 들어올 때 이 강을 건넜다. 어두웠고 물 흐르는 소리가 들리지 않았기 때문에 노인이 말해주지 않았다면 강이 있는 줄 몰랐을 것이다.

공장으로 오는 동안 꼭 쥐고 있던 탓에 봉투는 조금 해져 있었다. 소장은 서류를 분실하거나 전달에 문제가 생기면 공장 굴뚝으로 떨어지는 게 낫다고 말하곤 했다. 길쭉한 굴뚝 끝에서는 계속해서 검은 연기가 쏟아져 나왔다. 연기를 보면 틀림없이 뭔가 만들어지는 모양이지만 공장의 생산품이 무엇인지는 정확히 알려져 있지 않았다. 자동차라는 사람도 있고 비행기 부품이라는 사람도 있었다. 플라스틱이라거나 고무라는 사람도 있었다.

누군가 여자 앞에 불쑥 나타났다. 구김이 많이 간 회색 작업복을 입은 사내였다. 작업복에 노란색으로 이름이 수

놓아져 있었다. 도시에서 흔한 이름 중 하나였다. 사내는 검은 기름이 묻은 장갑을 낀 채로 여자가 건네는 서류를 받고 인수증에 사인을 했다. 그러고는 간단히 목례를 건네고 곧장 뒤돌아섰다.

이봐요.

여자가 그를 불렀다. 흔한 이름이었는데, 방금 본 사내의 이름이 생각나지 않았다. 사내는 돌아보지 않았다. 여자의 목소리는 작았고 공장 소음은 몹시 컸다.

이 공장의 생산품은 뭔가요.

사내는 공장 안으로 들어가버렸다. 여자의 질문은 듣지 못했을 것이다.

이후 몇 번인가 공장에 갈 일이 생겼다. 공장은 무척 컸기 때문에 의뢰인을 만나는 장소는 매번 달랐다. 그들은 처음 만났던 의뢰인과 마찬가지로 회색 작업복을 입고 나타나서 기름때 낀 손으로 인수증에 사인을 하고 돌아갔다. 어느 날 일을 마치고 돌아오는 길에 여자는 최초로 서류를 건넨 사내를 보았다. 닮은 사람인지도 몰랐다. 지치고 무표정한 작업복 차림의 사람은 무척 많았다.

오토바이를 타고 무전기를 단 배달원이 여자에게 봉투

를 건넸다. 인수 서명을 하는 동안 허리에 찬 무전기가 시끄럽게 울었다. 서류 전달이 잘못되면 목숨을 잃을 수 있다고 위협한 일치고는 지나치게 경박한 전달 방식이었다.

이게 무슨 냄새죠? 너무 지독하네요.

배달원이 코를 막으며 물었다. 노린내는 약국 가득 퍼져 있었다. 노인은 신경통에 고양이만큼 좋은 게 없다고 했다. 고양이 삶은 물은 보혈 작용을 해 진통 완화 효과가 있었다. 신경통으로 다리가 저리거나 어깨나 등 통증을 느낄 때 특히 효험이 있었다. 고기를 건져 먹고 오래 우려낸 국물까지 다 마시면 굽은 등이 얼마간 반듯하게 펴졌다.

노인이 끓이는 게 고양이라는 걸 알았을 때 여자는 너무 놀라서 전부 내다 버렸다. 노인은 화를 내며 뼈처럼 두꺼운 국자를 여자에게 던졌다. 이제 여자는 고양이 삶은 물을 내다 버리지 않았다. 아무리 버려도 동공이 텅 빈 고양이는 계속 나타났다.

포획꾼이 잡아다 준 고양이들은 잘린 몸뚱이를 보기 싫다는 듯 눈을 꾹 감고 죽어 있었다. 여자는 딱 한 번 감긴 고양이의 눈꺼풀을 열어본 적 있었다. 죽음을 보려면 그런 눈빛이어야 한다는 듯 허공처럼 텅 빈 눈알이 누렇게 썩어가고 있었다.

신경통에는 고양이가 그만이죠.

여자가 배달원에게 대꾸했다.

이게 고양이 끓이는 냄새라는 말이에요?

배달원이 놀라서 되물었다. 여자는 모른 척 인수증을 내밀었다. 배달원이 재빨리 가게 밖으로 나갔다.

배달원이 사라진 자리에 한 떼의 관광객이 줄지어 지나갔다. 도시 중앙에 있는 거대한 무덤을 찾아온 사람들이었다. 그들은 낮 동안 무덤을 둘러본 후 도시를 떠났다. 밤이 되도록 도시에 머무는 관광객은 많지 않았다. 도시의 볼거리라고는 무덤이 전부였다.

무덤은 오래전 도시가 누린 영화를 상징하듯 거대했다. 바람이 거세게 불고 폭우가 쏟아지는 날에도 무덤 주변은 언제나 잘 정비되어 있었다. 거대하고 둥근 무덤은 풍화나 소멸, 쇠락과는 상관없는 듯 몇 세기를 철통같이 버텨왔다. 많은 것이 사라지고 몇 개의 왕조가 무너져가는 동안 도시를 지킨 것은 무덤이었다. 지금 무덤은 도시에서 유일한 돈벌이였다. 무덤을 보러 온 많은 수의 관광객이 도시 사람들을 먹여 살렸다. 관광객은 무덤과 관련한 일자리를 만들어냈다. 호텔이나 리조트 같은 편의 시설도 대부분 그들 덕분에 지어졌다. 여자가 일하는 약국도 도시의 다른 가게들과 마찬가지로 무덤의 이름을 딴 간판을 달았다.

도시의 많은 사람이 천식을 앓고 뼈의 통증을 호소했다. 공장의 검은 연기와 무덤의 습기 탓이었다. 그래도 그들은 불평하지 않고 무덤의 흙처럼 고요히 지냈다. 평일이면 무덤의 잔디처럼 떼 지어 일했고 휴일이면 부장품처럼 방에 틀어박혀 잠을 잤다. 외출이라고는 무덤가를 산책하는 게 전부였다.

도시 끝에 거대한 숲이 있어요. 도시만큼 큰 숲이에요.

여자는 도시 끝에 가본 적 있었다. 공장이 있었다. 하지만 그 대답을 하지는 않고 그저 묵묵히 사내를 쳐다봤다.

저쪽이에요.

사내는 자신이 가리키는 방향으로 몸을 돌렸다. 여자가 앉아 있는 자리에서는 줄지어 선 관광객들만 보였다. 잠을 설쳤는지 사내의 눈이 붉게 충혈되어 있었다. 여자는 그 숲에 멧돼지가 있는지 묻고 싶어졌다. 멧돼지 쓸개 약간을 따뜻한 물에 타서 한 방울씩 넣어주면 눈의 붉은 기를 없앨 수 있었다.

숲의 나무들은 키가 커서 끝이 보이지 않아요.

여자는 기계적으로 고개를 끄덕였다. 숲은 잎사귀가 하

늘을 가려 양치류 같은 음지식물이 기승을 부리고 땅에서 솟아난 공기가 대기 중에 끈적하게 퍼져 있다고 알려져왔다. 밤에도 새들이 쉬지 않고 울어대며 나무에서는 열매처럼 커다란 벌레가 떨어지고 개미가 얼굴에 달라붙어 숲을 찾는 사람이 많지 않다고 했다.

여자의 형제는 사람을 죽였다는 누명을 쓰고 숲으로 도망쳤다. 형제가 남긴 칼자루에 피해자의 혈흔과 형제의 지문이 남아 있었다. 남다를 게 없는 지문이었다. 둥근 언덕 모양으로 겹겹이 쌓인 융기선이 손등으로 사라지는 형상이었다. 칼자루를 만질 생각이었다면 장갑을 끼는 게 좋았을 것이다. 아니면 윗도리를 끌어내려 장갑처럼 손을 덮거나. 알리바이 없이 지문 묻은 칼자루를 남긴 형제는 거대한 숲으로 숨었다. 이미 오래전 일이었다.

사내가 나가자마자 여자는 의뢰인을 만나러 가기 위해 약국 가운을 벗었다.

무덤에서 만납시다. 미라를 지나서 두번째 금관 앞.

약속 장소를 일러주는 의뢰인의 목소리가 익숙했다. 언젠가 들어본 적 있는 목소리 같았다. 여자는 그에게 자신의 인상착의를 알려주었다.

체크무늬 셔츠에 면바지를 입고 있어요. 키는 그다지 크지 않아요. 160센티미터쯤? 덩치가 좀 큰 편이고 어깨까지 내려오는 생머리를 하고 있어요. 얇은 테 안경을 끼었어요.

여자는 괜한 조바심에 질문을 덧붙였다.

저를 알아보실 수 있겠어요?

의뢰인이 곧장 대답했다.

서류 봉투를 가지고 있지 않습니까?

여자는 관광객 줄의 끝에 섰다. 무덤에 들어가려고 줄서서 기다리는 사람 중에 봉투의 주인이 있으리라는 생각이 들었다. 줄은 검은 강물처럼 표 나지 않게 조금씩 줄었다. 차례가 되면 관광객은 무덤 입구를 향해 조용하고 풀죽은 태도로 걸어 들어갔다.

입구에서 검표를 하는 사람은 약을 사러 오는 사내였다. 단번에 알아본 것은 아니었다. 정복을 입어서인지 낯설어 보였다. 밤잠을 설친 흔적이나 불면증으로 망상에 시달린 기색은 없었다. 표를 건네면서 보니 사내의 눈이 여전히 붉었다. 사내는 여자를 모른 척했다.

수천 점에 달하는 부장품이 유리벽 안에서 반짝거리며 빛났다. 한 왕조의 보물이라기보다는 무늬가 요란한 도배지처럼 보였다. 전시된 부장품을 따라 깊숙한 곳으로 들어가면 갖가지 형태의 토기와 금제 장식품에 둘러싸인 미라가 누워 있었다. 발굴 당시 세 명의 부인과 열두 명의 어린이, 수십에 달하는 시종을 동반하고 있었다고 했다. 발굴로부터 한참 시간이 흐른 지금, 무덤 주인은 유리관 안에서 푸석하게 마른 몸을 구멍이 숭숭 뚫린 뼈다귀에 의지해 홀로 누워 있었다. 비밀이 새어 나오듯 바짝 마른 입이 살짝 벌어져 있었다. 여자는 잠시 미라를 지켜보았다. 말라비틀어진 다리와 뼈가 그대로 드러난 가슴, 마른 입매가 노인과 꼭 닮아 보였다.

두번째 금관 앞에는 관광객이 많이 모여 있었다. 부장품 중에서 가장 세공이 섬세한 장식품인 까닭이었다. 매번 감탄하기에는 부장품의 가짓수가 너무 많았으나 금관은 확실히 시선을 끌었다. 여자는 의뢰인을 기다리며 금관 주위에 모여 있는 사람들을 둘러봤다.

한 떼의 사람이 다른 유물 쪽으로 자리를 옮기자 다시 한 무리가 금관이 든 유리벽 앞으로 다가왔다. 그중에 입구에서 검표를 하던 사내도 있었다. 사내의 가슴에 무덤 사진이 박힌 명찰이 붙어 있었다. 흔한 이름이었다. 사내는 무표정한 얼굴로 봉투를 향해 손을 내밀었다. 여자는 힘을 줘 봉투를 건넸다. 봉투 안에는 다른 나라로 가는 데 필요한 위조 증명서가 담겨 있을 수도 있고 청부 살인 의뢰서가 들어 있을 수도 있었다. 재산상속을 위해 조작된 서류나 출생증명서가 들었을 수도 있었다. 주민등록이나 이사와 관련한 사소한 서류인지도 몰랐다. 사내에 대해 아는 것이 없기 때문에 어떤 서류가 행운이고 불행이 될지 짐작하기 어려웠다. 다만 사내의 불면을 치료할 만한 서류면 좋겠다고 생각했다.

사내의 손은 크고 두꺼웠다. 여자는 불쑥 그 손을 잡고 지문을 들여다보고 싶어졌다. 손등으로 뻗어 나가는 유형인지 나이테처럼 둥근 선이 포개진 유형인지 궁금했다. 사내는 여자에게서 봉투를 받아 들고 재빨리 무덤을 빠져나갔다.

약국에 있으려니 했던 노인은 내실에 잠들어 있었다. 잠든 그의 다리가 미라처럼 말라 있었다. 메마른 입매와 드러난 가슴뼈도 꼭 미라를 닮았다. 어쩌면 노인은 말을 하게 된 미라인지도 몰랐다.

언젠가 노인에게 봉투에 담긴 서류가 무엇이냐고 물은 적 있었다.

뻔한 거 아니겠냐. 그게 없으면 당장 인생이 끝나는 것,

막상 있어도 인생이 바뀌지 않는 것, 그런 거겠지.

여자는 잠든 노인의 품에서 수첩을 빼냈다. 소장의 이름을 몰랐기 때문에 그의 목소리를 찾을 때까지 수십 통의 전화를 걸어야 했다. 한참 만에 유난히 갈라지고 피곤한 음색과 통화할 수 있었다. 소장에게 먼저 전화를 건 것은 처음이었다. 여자는 무턱대고 서류를 준비해달라고 했다. 소장은 아무 대꾸도 않고 가만히 있었다. 의중을 떠보는 듯했다. 여자는 다시 한번 서류가 필요하다고 말했다. 소장이 침묵을 지키는 동안 여자는 무엇을 위한 서류인지, 어디에 필요한 서류인지, 언제까지 해주어야 하는지 같은 질문에 대한 답을 궁리했다.

여자는 서류로 무엇을 할 수 있는지 몰랐다. 어디를 갈 수 있는지, 누군가의 자식이나 부모가 되는 것이 가능한지도 몰랐다. 그것이 무슨 내용이건 서류에 적힌 대로 할 생각이었다. 봉투에 담긴 서류가 처방전이라면 약을 먹고, 위조된 비자나 여권이라면 해당 국가로 떠나고, 친자 확인증 같은 것이라면 부모를 찾아갈 생각이었다.

알겠습니다.

소장이 간명히 대답하고 전화를 끊으려 하기에 여자가 다급히 물었다.

그런데 서류를 도대체 어디에 쓰죠?

소장은 아무 대답도 하지 않고 전화를 끊었다.

검은 구름이 하늘을 뒤덮었다. 흐린 날이었지만 비는 내리지 않았다. 무덤은 거대한 짐승처럼 도시 한가운데 엎드려 있었다. 관광객들이 빠져나간 밤의 도시는 상점 주인과 무덤 관리인, 그리고 떼로 몰려다니는 쥐만 남았다. 사내는 언젠가 밤의 도시는 쥐들 차지라고 말했다. 인간과 마찬가지로 쥐는 아무 데나 둥지를 틀었다. 들판이나 콘크리트 벽 속, 심지어 물에서도 목숨을 이어나갔다. 무덤의 가장 깊숙한 곳도 사실은 그들의 거처였다. 도시를 얘기할 때 쥐를 빼놓을 수 없었다. 말하자면 쥐는 도시에서 자연의 일부였다.

아무도 쥐를 박멸할 수 없어요. 그러려면 사람을 죄다 죽여야 할걸요.

사내가 말했다.

사내에게 그 이야기를 들은 후부터 여자는 쥐가 되는 꿈을 꿨다. 쥐가 되어 무덤의 부장품과 미라를 갉아 먹었다. 노인의 몸으로 파고들어 신경과 연골을 갉았다. 어느 날은 소장이 건네준 산더미 같은 서류를 봉투까지 죄다 못 쓰게 만들었다. 봉투 안은 텅 비어 있었다. 그것은 단지 겹겹이 쌓인 봉투일 뿐 아무것도 들어 있지 않았다.

공장 냄새를 품은 바람이 불어왔다. 연탄을 태울 때 나는 것과 유사한 냄새였다. 머리가 멍해지고 구역질이 일었다. 여자는 매표소가 잘 보이는 큰 나무 뒤에 숨어 기다렸다. 매표소의 불이 꺼졌지만 사내는 나오지 않았다. 검표를 끝낸 사내는 정산을 하고 밀린 장부를 정리하고 동료들과 소소한 이야기를 나누기도 할 것이다. 직장 생활이라는 게 퇴근 시간이 되었다고 해서 바로 빠져나올 수 없다는 것을 여자도 잘 알고 있었다. 여자는 참을성 있게 사내를 기다렸다. 간혹 나무 뒤로 무덤에서 일하는 사람들이 지나갔다.

드디어 사내가 나타났다. 손에 아무것도 들고 있지 않았다. 봉투는 어디에 둔 것일까. 여자는 실망을 감추고 사내 뒤를 따랐다. 사내 역시 서류 주인이 보낸 대리인인지도 몰랐다. 의뢰인과 전달자 사이의 정확한 루트를 짐작하기는 어려웠다. 소장이 실무자인지 아닌지도 불확실했다. 소장 역시 누군가에게 서류를 전달 받아 여자에게 건네는 것일 수도 있었다. 여자는 다시 서류를 의뢰인이나 그의 대리인에게 전달하고, 대리인은 또 다른 대리인에게 서류를 전달할 수도 있었다. 그러니까 한 통의 서류는 도시에 있는 사람들의 비밀스러운 손을 여러 차례 거친 후 본인에게 당도하는 것인지도 몰랐다. 그런 의미에서 사내를 뒤쫓는 것은 헛짓에 가까웠다. 그렇게 여기면서도 여자는 사내와 간격이 벌어지지 않게 신경 썼다.

갑자기 사내가 걸음을 멈추었다. 묵묵히 뒤를 따르던 여자는 그제야 고개를 들고 주위를 돌아보았다. 어느새 높이를 가늠하기 힘든 나무숲에 들어와 있었다. 무성한 가지 사이로 드러난 하늘이 여전히 검은 연기로 뒤덮여 있었다. 도시에서처럼 연탄가스 냄새가 났다. 얼굴을 휘감는 나뭇가지를 헤치다가 그만 사내의 뒷모습을 놓치고 말았다. 여자는 사내를 찾아 시커먼 숲속을 헤맸다. 끊임없이 새소리가 들렸다. 새들은 검은 연기구름 아래서 날개를 치며 소리 높여 울었다. 공장의 냄새를 품은 바람이 불 때마다 나무에서는 커다란 벌레들이 뚝뚝 떨어지며 붉은 과육처럼 물컹거리는 내장을 쏟아냈다.

별안간 숲이 끝나더니 거대한 건물이 나타났다. 높은 담과 두꺼운 철문을 가진 건물이었다. 안으로 들어가자 복도를 중심으로 양쪽에 수많은 방이 늘어서 있었다. 방들은 단단하고 낡은 철문으로 가로막혀 있었다. 철문 위에 네모

난 창이 뚫려 있었는데 촘촘한 창살로 막혀 있었다. 여자
는 그 창을 통해 방 안을 들여다보았다. 한 방에서는 덩치
큰 노파가 창백한 얼굴을 거울에 비춰 보고 있었다. 어떤
방에서는 아이들이 웃으며 줄넘기를 했다. 아이들이 함께
줄을 넘다가 일제히 여자를 향해 고개를 돌렸다. 무표정하
고 어두운 얼굴이었다. 한 방에서는 공장에서 만난 사내가
일하고 있었다. 그는 회색 작업복을 입고 거대한 수틀을
돌리고 있었다. 수틀에서는 붉은 실이 끊임없이 뽑아져 나
왔다. 그는 가끔 땀이 난다는 듯 장갑 낀 손으로 이마를 훔
쳤다.

노인이 누워 있는 방도 있었다. 미라처럼 시커멓게 마른
노인은 죽은 신경을 고무줄로 동여매고 구멍이 뚫린 뼛속
에 연골을 채워 넣고 있었다. 그 일에 몰두하느라 여자가
보고 있는 줄도 몰랐다. 노인 옆에 있는 커다란 고양이가
여자를 노려보았다.

다른 방에서는 늙고 왜소한 몸집의 사내가 걸어 다니고
있었다. 여자는 단박에 사내를 알아보았다. 혼잣말을 중얼
거리며 끊임없이 방 안을 도는 그는 방금 숲에서 놓친 사
내였다. 약국에서 보던 것보다 훨씬 늙어 보였지만 눈이
붉은 게 그 사내가 틀림없었다. 여자는 철창 사이로 남자

의 이름을 불렀다. 여자가 아는 이름이라고는 형제의 이름 뿐이어서 그 이름을 댔다. 사내는 돌아보지 않았다. 여자는 단단한 철문 손잡이를 잡았다. 손에 끈적한 녹이 피처럼 묻어났다. 문은 열리지 않았다.

마술 피리

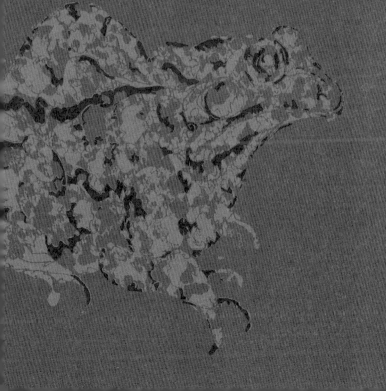

루루는 날마다 조금씩 말라가고 있다. 그럴 수밖에 없다. 벌써 3주째 단백질 성분을 전혀 먹지 못했으니까. 그래서인지 뾰족한 턱이 더욱 도드라져 보인다. 아크릴 뚜껑을 열고 사료를 던져준다. 가벼운 무기질 덩어리인 사료는 소리 없이 루루 옆에 떨어진다. 그래도 루루는 웅크린 몸을 풀지 않는다. 자그맣고 까만 루루의 눈이 힘없이 처져 있다. 머리에는 부스럼이 하얗게 일고 군데군데 털이 빠진 몸통은 시궁쥐처럼 더럽다. 사료를 향해 움직이도록 머리를 쓰다듬어준다. 휘파람도 길게 불어준다. 그제야 루루는 조금 몸을 뒤척인다. 루루는 부쩍 주인의 사랑을 받기 위해 엄살을 떠는 반려동물처럼 군다. 인형같이 순한 반려동물은 질색이다.

루루는 아크릴 상자의 벽면을 따라 느릿느릿 사료 옆으로 다가온다. 루루는 늘 그리로만 다닌다. 설치류답게 지나온 길을 뼛속 깊이 기억하고 있다. 그것을 제외한 설치류의 다른 특성은 모두 잊은 것 같다. 사람이 사는 곳이면 어디나 집을 짓고 무엇이든 갉아대며 먹을 때를 빼고는 교미를 하면서 세월을 보내는 쥐로서의 본능, 다른 쥐를 생산해내는 것 말고는 아무것도 하지 않는 설치류로서의 본능 말이다. 그 모두를 되찾기에 루루는 너무 지쳤다. 이제는 음식 냄새가 나는 손가락을 깨물지 않는다. 전에는 사료를 던져주고 나면 재빨리 문을 닫아야 했지만 지금은 아니다.

실험 첫날, 루루에게 오른쪽 엄지손가락을 물렸다. 뚜껑이 위쪽에 달린 아크릴 상자의 미닫이문은 잘 닫히지 않았고 움푹 파인 홈을 찾지 못해 머뭇거리는 사이 쥐가 튀어 올랐다. 아프지는 않았다. 그보다 실험도 마치지 못했는데 쥐가 달아나버릴까 봐 걱정이 되었다. 다행히 쥐는 손가락을 무는 데서 멈췄다. 조금 더 튀어 오르면 상자를 벗어날 수 있다는 생각은 하지 못한 모양이었다. 쥐는 뻐드렁니처럼 유난히 길고 날카로운 앞니를 감추고 구석에 앉아 오들오들 떨었다. 갑자기 달라진 환경에 적응하지 못한 듯했다.

손가락을 물렸을 때 나는 짧게 비명을 질렀다. 모두들 깜짝 놀라 쳐다보았다. 실험을 하는 동안 간혹 쥐에게 물리는 경우가 있었다. 조교도 그 사실을 경고했다. 시력이 나쁜 대신 후각이 발달한 쥐는 음식 냄새가 나는 것은 무엇이든 무니까. 손가락을 물리자 몇몇 아이가 몰려왔다. 실험용 장갑을 끼지 않은 나를 탓했다. 루루는 멸균 소독을 거친 실험용 쥐였다. 그렇다고는 해도 별수 없는 쥐였다.

실험을 시작한 지 26일이 지난 지금, 실험실 안에서는 짧은 비명을 자주 들을 수 있다. 손가락을 물려서가 아니다. 쥐들은 영양 결핍에 시달리다 한 달을 참지 못하고 죽어갔다. 아크릴 상자 안에 죽어 있는 쥐를 발견한 아이들은 살인자를 본 듯 소리를 질렀다. 놀랄 만한 일이기는 해도 무서운 일은 아니다. 기력을 잃고 뻗은 쥐는 낡은 인형이라 생각해도 좋다. 찔러도 물지 않으며 건어차도 화내지 않고 곧 버려진다는 점에서 그랬다. 기실 아크릴 상자에 갇힌 쥐들은 싸구려 인형보다 못한 대접을 받다 죽어간다.

루루도 날마다 죽어가고 있다. 실험실 안의 다른 쥐들과 마찬가지이다. 30개가 넘는 아크릴 상자에는 다양한 영양 결핍을 겪는 쥐들이 한 마리씩 담겨 있다. 루루는 단백질 성분이 제거된 사료를 먹고 있다. 얼마 전에 죽은 쥐는 칼슘 성분이 제거된 사료를 먹었다. 비타민B 성분이 제거된 사료만 먹는 쥐도 있고 동물성 지방이 든 사료만 먹는 쥐도 있다.

실험은 한 달로 예정되어 있다. 실험 마지막까지 살아남은 쥐는 마취 주사를 맞는다. 마취약이 몸에 퍼져 나가면 버둥거리던 쥐들은 포기한 듯 사지를 늘어뜨린다. 사지를 벌린 쥐를 포일로 돌돌 감아둔다. 쥐들은 그런 상태로 냉동실에 들어간다. 얼음보다 차갑고 딱딱하게 굳은 쥐를 해부한다. 복부를 가르고 내장을 차례로 적출한다. 어떤 쥐는 간이 염소 똥처럼 새까맣다. 어떤 쥐는 콜레스테롤 수치가 중년 남자 평균의 두 배 이상이다. 마취되면서부터 관절이 끊어지기 시작하는 쥐도 있다.

루루는 저개발국가에서 흔한 단백질 결핍증을 앓고 있다. 해부를 해봐야 더 정확하겠지만 증상으로만 본다면 예상된 결과를 얻었다. 루루는 부스럼이 피부를 뒤덮고 근육이 잔뜩 위축되어 있다. 죽음까지는 얼마 남지 않아 보인다. 단백질이 제거된 사료를 먹고 용케 한 달을 버틴다 해도 루루는 곧 죽을 것이다. 혈청알부민, 포도당 내성이 감소되어 결국 간 질환이나 신장 질환을 앓을 테니까. 쥐가

3백 년까지 살 수 있고 백 살이 넘으면 흰쥐가 된다는 전설을 가진 나라가 있다고 들었다. 나는 어이없게도 그새 정이 든 루루가 백 살까지 살았으면 하고 바란다. 털이 하얗고 보드라운 쥐로 거듭나기를 바란다. 불가능한 일이다. 아크릴 상자에서 성장을 한다는 것은 생각하기 어렵다. 쥐들은 다만 실험을 위해 먹고 필요하면 교미를 한다. 언제 죽을지 스스로 선택할 수 없다. 죽음은 실험 기한이나 조건에 따라 달라진다.

루루는 겨우 사료를 먹는다. 머리를 건드려도 전처럼 이를 박아 깨물지 않는다. 실험실에서 지내는 동안 루루는 사료를 받아먹는 것 외에 어떤 일도 하지 않는다. 다른 먹이를 구하거나 쓰레기 더미를 파헤치거나 교미하는 행위는 금지되어 있다. 주어진 환경에 적응해야만 살아남을 수 있다. 루루는 진작부터 그걸 알아차렸다. 환경 탓을 하는 동물은 불평 많은 고등 포유류뿐이다. 루루는 설치류로서의 특성을 잊은 양 살고 있다. 그런 점에서 루루는 나와 많이 닮았다. 나는 지나간 일이라면 무엇이든 잘 잊는다. 엄마 역시 마찬가지다. 그러니 어쩌면 루루는 내 엄마를 닮은 것인지도 모른다. 더 생각해보면 그것은 나나 엄마, 그리고 루루만의 특징이 아니다. 모든 살아 있는 것, 그러니까 신생대 제3기 팔레오세까지 거슬러 올라가면 발견되는 원시 포유류에게서 유래된 향성向性일 수도 있다. 그때 인간은 아직 쥐였으니까. 지나온 과거의 모습이 현재 속에 얼마나 들어 있는지 알 수 없지만 루루를 보면 숨처럼 깊은 저 지질시대의 어두운 숲에서 먹이를 찾기 위해 눈알을 굴려대며 웅크리고 있는 나를 느낀다. 나는 분명 새까맣고 형편없는 쥐의 모습이었을 것이다.

탄수화물과 무기질, 소량의 지방질로 이루어진 사료는 고무처럼 질기고 누린내가 난다. 맛은 더 형편없을 것이다. 고형 사료만 먹으면서 한 달을 버티는 동물은 실험용 쥐뿐이다. 그나마도 견디지 못하고 실험이 끝나기 전 영양결핍으로 죽기 일쑤다. 실험 기간인 한 달이 되려면 3일 남았다. 한 달간 특정 성분만 먹거나 혹은 특정 성분이 제거된 사료를 섭취한 쥐의 장기가 어떤 변화를 겪는지에 관한 실험이다.

실험 27일째   ① 급격한 식욕 감소가 나타남.
             ② 부스럼 증상 악화.

증빙으로 루루의 사진을 찍어둔다. 힘에 부친지 둥근 사

214

료에 턱을 처박고 있는 루루의 모습을 정면, 좌우 측면 모두 찍는다. 플래시 불빛에 때 묻은 털이 하얗게 빛난다. 루루는 백 년을 산 쥐처럼 기진맥진한 표정이다. 사료를 아주 조금만 뜯어 먹고 만다. 단백질 결핍 증상 가운데 하나가 식욕부진이다. 영양분은 턱없이 부족한데도 몸은 다른 성분이 들어오지 못하도록 결핍 상태를 계속 유지하려 든다. 사료를 꺼내 디지털 저울로 무게를 재니 극소량이 감소했다. 저울의 눈금이 보이도록 사진을 찍어둔다. 식사량을 소수점 아래 다섯 자리까지 적어둔다. 루루의 삶은 이제 고작 3일 남았다.

미아는 초록색 나무 그림 아래 앉아 있다. 멀리서 보면 머리로 나무를 지고 있는 듯 보인다. 실제로 힘겹게 나무를 떠받친 것처럼 미아는 인상을 쓰고 있다. 요철이 들어맞지 않은 레고가 미아 주변을 둘러싸고 있다. 레고로 만든 벽은 누군가 입김만 불어도 무너질 듯 허술하다. 유리창으로 놀이방 내부를 들여다보고 있는 동안 아무도 미아 곁으로는 가지 않는다. 레고 벽은 의외로 견고하게 미아를 감싸고 있다. 회비가 싸다는 이유로 미아는 집에서 일곱 정거장이나 떨어진 놀이방에 다닌다. 회비는 다섯 달이나 밀렸다. 그런데도 미아는 아직 놀이방에 다니고 있다.

엄마는 미아를 챙길 돈이 없다. 나도 마찬가지다. 도시 외곽의 여자대학 식품영양학과에 다니는 내게는 그 흔한 과외도 들어오지 않는다. 게다가 나는 영양사 시험 준비를 한답시고 아르바이트도 하지 않는다. 가급적 돈을 쓰지 않는 것이 우리가 할 수 있는 최대의 벌이지만 이제는 그나마 쓸 돈이 전혀 없다. 돈이 없으면 원래 가난했던 것에서 하루치씩 더 가난해져야 하지만 가난은 그런 산술적인 계산이 들어맞지 않는다. 우리는 몇 년 치의 가난을 한꺼번에 맞았고 이후로도 몇 달 치씩 가난해지고 있다. 가난이란 본래 평생의 가난이 일시에 들이닥치는 법이다.

미아가 느릿느릿 시선을 돌리다 창가의 나를 발견한다. 갑자기 고개를 숙이고 숱 적은 머리카락을 흔들어 레고 벽을 친다. 미아는 한동안 고개를 수그리고 있다. 벽에 그려진 나무는 뿌리 없이 허공에 떠버린다. 미아가 무너진 레고를 헤치고 유리창 가까이 다가온다. 미아는 할 수 있는 한 힘껏 창에 얼굴을 비빈다. 콧김 때문에 얼굴이 뿌옇게 흐려진다. 나는 물러서지 않는다. 창에 얼굴을 문지르며 함부로 군다고 호통을 치거나 머리를 쥐어박지 않는다. 화가 난 표정은 더더구나 짓지 않는다. 유리창에 비친 내 얼굴은 미아보다 더 무표정하다.

뒤돌아 가버리는 시늉을 하자 미아는 잽싸게 현관으로 나와 운동화를 신는다. 운동화는 뒤축이 꺾여 있다. 부종이 생긴 발은 신발에 잘 들어가지 않는다. 미아는 운동화를 슬리퍼처럼 끌고 말없이 내 뒤를 따라온다. 우리는 먹이를 찾아다니는 밤의 쥐들처럼 보도블록의 가장자리를 따라 한 줄로 서서 걷는다. 발이 아픈 미아는 잘 걷지 못한다. 단백질 섭취량이 부족해지면 혈액 중의 단백질 양이 줄어들어 발부터 부종이 나타난다. 미아의 발은 눈에 띄게 부어 있다. 우리는 오래전부터 단백질이 든 음식을 먹지 못했다. 부엌에서 고기를 굽거나 생선을 튀긴 게 언제인지도 잊었다. 하다못해 싱거운 계란찜이나 간장에 조린 두부, 까만 콩장도 먹지 못했다. 식탁 위에는 오래 두고 먹어도 쉬거나 상하지 않는 것들, 대개는 절임이나 젓갈류의 반찬만 한두 가지 놓여 있다. 내게도 그렇지만 다섯 살 미아의 입맛에는 도무지 맞지 않는 음식뿐이다.

엄마는 박 사장과 연애를 시작한 후 날마다 고기를 먹어 아랫배가 나오기 시작해 큰일이라고 했다. 그러면서 집에서는 고기나 생선류를 요리하지 않는다. 살이 물컹하고 핏빛이 도는 날것을 만지기 꺼림칙해서이다. 원래부터 엄마는 요리하는 것을 좋아하지 않았다. 기름에 튀기거나 양념에 졸이거나 다양한 재료가 드는 음식을 조리하는 것은 귀찮은 일이다. 할 수 없이 미아와 나는 흰밥에 허연 콩나물무침, 오징어젓갈을 먹는다.

엄마는 미아가 부은 발 때문에 운동화 뒤축을 꺾어 신는 것을 모른다. 머리통에 하얗게 부스럼이 인 줄도 모른다. 살갗이 트고 부은 것도 알 리 없다. 계속 이런 상태가 유지되면 미아는 바가지를 넣은 듯 배가 불룩해질지도 모른다. 요즈음에는 쉽게 볼 수 없는 아이 꼴이 될 것이다. 그렇게 되느니 미아는 버려지는 게 낫다. 다른 아이들이 엄마가 싸 준 간식을 꺼내 먹는 시간에 구석에 앉아 때 긴 레고나 노려보고 있을 미아. 엄마는 미아에게 간식거리를 싸 주지 않는다. 그런데도 미아는 투정을 부리지 않는다. 기특하게 미아는 그런 것이 자기에게 어울리지 않는 것임을 일찍 간파했다.

가질 수 없다면 모른 척한다. 모른 척할 수 없다면 포기해야 한다. 미아는 그렇게 생각하는 것 같다. 엄마도 나도 그렇게 생각한다. 루루도 마찬가지다. 그런 점에서 우리는 모두 닮았다. 그중에서도 미아는 나를 꼭 닮았다. 그것은 자매 이상이다. 그것 때문에 가끔 미아를 향해 참을 수 없는 살의를 느낀다. 살의는 피가 맺히도록 손바닥을 손톱으로 누르거나 머리통을 벽에 힘껏 박아도 사라지지 않을 만큼 맹렬하다. 결국 참지 못하고 미아를 밀쳐버릴 때도 있다. 이제는 그렇게 하지 않는다. 나나 엄마처럼 누추한 인생이 하나쯤 더 생겨난대도 상관없다. 다섯 살인 미아의 눈빛이 적의에 가득 차 있다는 건 그 애 인생이 나와 크게 다르지 않으리라는 전조이다.

이상하게 미아는 색맹도 아니고 혈우병도 아니다. 타고난 지병도 없다. 검사해본 적은 없지만 염색체 결합이나 유전자 조직도 다 정상일 것이다. 나는 미아가 지적장애를 가지고 태어날까 봐 두려웠다. 그게 아니라면 혈우병이나 백혈병, 하다못해 심각한 색맹일까 봐 무서웠다. 그렇게 되기를 바라는 마음이 더 컸는지도 모른다. 어째서 미아는 선천적인 질병 하나 없이 태어난 것일까. 불운과 함께 태어났다면 살아가는 동안 겪을 일들은 모두 대수롭지 않을 것이다. 그랬다면 나는 미아를 사랑했을지도 모른다.

미아는 소아천식을 앓고 있다. 간혹 발작을 일으키며 쓰러져 가쁜 숨을 내쉬지만 그것은 분명 선천성이 아니다. 창을 막은 두꺼운 휘장과 빨지 않은 침구, 때가 묻은 옷, 세탁도 하지 않고 내내 깔아놓은 카펫의 진드기가 병을 유발시켰을 것이다. 놀이방에 다녀와 집 안에만 틀어박힌 미아가 천식에 걸리지 않았다면 이상한 일이다.

미아가 태어날 무렵 엄마는 짙은 녹색에 붉은 꽃잎이 프린트된 두꺼운 이중 커튼으로 집 안의 모든 창을 닫았다. 대낮에도 집은 외딴 골목처럼 어두웠다. 붉고 두꺼운 커튼은 집을 단숨에 비밀스러운 공간으로 바꿔놓았다. 그 때문에 아직도 가끔 미아가 누군가의 배 속에서 끄집어내 졌다기보다는 휘장 뒤에 숨어 있다가 갑자기 튀어나온 것처럼 생각될 때도 있다. 목을 죌 듯 긴 탯줄을 감은 채 말이다.

미아는 엄마의 자궁을 찢고 태어났다. 나 외에는 누구도 품은 적 없는 엄마의 자궁은 미아 때문에 너덜너덜해졌다. 엄마의 벌린 가랑이 사이로 붉은 피가 끝없이 쏟아졌다. 바닥을 흥건하게 적신 피는 불처럼 이글거렸다. 엄마가 그 불에 타 죽을까 봐 겁이 났다. 나는 무턱대고 소리를 질렀다. 재갈을 물고 있어서 침이 흘렀다. 얼굴은 땀과 침과 눈물로 범벅이 되었다. 엄마는 자주 내 뺨을 때렸다. 내가 정신을 잃으려고 해서였다. 그러면 신기하게도 얼마간 신음이 잦아들었다. 나는 불같은 피를 쏟아내면서도 죽지 않았다. 안도감을 느끼는 한편 서운해 죽을 지경이었다. 붉은 핏물은 엄마의 아랫도리를 향해 거슬러 올라갔다. 엄마는 유즐동물처럼 커다란 구멍을 있는 힘껏 벌렸다. 미아는 그 구멍의 끝에서 흘러나왔다. 붉은 핏물을 뒤집어쓰고 뜨거움을 참지 못하겠다는 듯 울음을 터뜨리면서. 나는 미아가 새카맣게 타버리는 것은 아닐까 두려웠지만 미아는 아무 데도 그을리지 않았다. 다만 핏물을 뒤집어쓴 수치를 참지 못하겠다는 듯 끈질기게 울었다. 그날이 언제인지 분명히 기억나지 않는다. 뜨겁고 습한 공기가 흐르며 끊임없이 잠이 쏟아지던 날 중의 하루였다. 그날은 나의 것이자 엄마의 것이었다.

엄마는 무늬가 조잡한 스카프를 목에 두르고 지독한 술 냄새를 풍기며 돌아온다. 박 사장은 엄마에게 자기 식당에서 파는 돼지갈비를 먹일 뿐 다른 음식은 잘 사 주지 않는 것 같다. 그를 만나고 온 날이면 엄마는 역겨우면서도 속을 아리게 하는 돼지 냄새를 풍긴다. 엄마가 그와 결혼하지 않는다면 우리의 가난은 더는 구제할 수 없는 지경에 이를 것이다. 그 때문에 나는 술 마시는 엄마를, 한밤에도 짙은 화장을 하는 엄마를 타박하지 않는다. 할 수만 있다면 박 사장의 집으로 엄마를 밀어 넣었을 것이다. 영양사

자격증을 딴다고 해도 취업은 어렵다. 관리자 중에 친인척이 있거나 기막히게 운이 좋아야만 기업체 구내식당에 들어갈 수 있다. 취직이 된다고 하더라도 식구를 먹여 살릴 만큼 돈을 벌 수는 없을 것이다.

엄마는 박 사장 가게에 들르기 전 공항에 갔다. 이종사촌이 미국에서 돌아오는 날이다. 돈 많은 이모네 일이라면 무조건 나서기 때문에 엄마는 이번에도 굳이 공항에 나갔다. 엄마는 당사자들이 자신을 귀찮아하는 걸 모른다. 특히 미국에서 오는 이종사촌이 엄마를 경멸하는 걸 모른 척한다.

사촌이 돌아온다는 소식을 들었을 때 나는 오랜만에 거실에 놓인 전화기를 들어보았다. 사촌이 개설해둔 전화였다. 채무자를 피해 가족이 흩어지는 바람에 어쩔 수 없이 그가 우리 집에 잠깐 머물렀을 때의 일이다. 엄마는 갑자기 형편이 나빠진 이모를 아주 쌀쌀맞게 대했다. 부자일 때는 도와주지 않다가 어려워지니까 아들을 맡겨놓는다고 투덜댔다. 사촌은 엄마의 어떤 잔소리에도 끄떡하지 않았다. 엄마를 무시하며, 엄마 옆에 서서 그를 빤히 쳐다보는 나까지 경멸했다. 오히려 엄마와 내가 객식구가 된 기분이었다.

그가 약해 보일 때는 잠들어 있을 때뿐이었다. 그는 몸을 구부리고 이불도 덮지 않고 잤다. 어느 날인가 벌레처럼 몸을 구부리고 자는 그를 보았다. 나는 발소리를 죽여 그에게 갔다. 이불을 덮어주기 위해서였다. 발밑에 뒹구는 이불을 끌어다 덮어주려는데 갑자기 그가 눈을 떴다. 내가 다가오기를 기다리고 있었던 것처럼 손목을 부여잡고 장난쳤다. 낄낄 웃기까지 했다. 화를 내려고 했지만 그러지 못했다. 손을 잡은 일은 아무것도 아니라는 듯 더 무례하게 굴었기 때문이다.

이제 그가 우리 집에 살았던 흔적은 오래전에 개설된 전화뿐이다. 월말이면 어김없이 그의 이름이 인쇄된 전화 요금 고지서가 날아온다. 그는 엄마가 전화통을 붙들고 수다를 떠는 것에 진저리를 치곤 했다.

"너네 엄마한테 전화 좀 끊으라 그래."

그가 큰 소리로 내게 명령했다. 나는 엄마가 들고 있는 수화기를 빼앗았다. 엄마는 우리 둘을 번갈아 노려보았다. 똑같은 일이 반복되자 그는 아예 새로 전화를 개설했다. 다시 형편이 좋아져 유학을 떠난 뒤에도 그의 이름으로 가입된 전화기가 가끔 울렸다. 수화기를 귀에 대보면 그의 이름을 부르는 여자의 목소리가 들려왔다.

"여기 없는데요."

그래도 상대는 전화를 끊지 않았다. 나는 수화기 너머로 여자의 숨소리를 들으며 가만히 있었다. 여자는 대개 묵묵히 있다가 갑자기 전화를 끊어버렸다. 받자마자 전화가 끊길 때도 있었다. 그러면 전화를 걸어온 사람이 누구일지 상상하며 시간을 보냈다. 사촌을 찾는 여자의 전화는 이후로도 계속되었으나 수화기에서 흘러나오는 목소리만으로 같은 사람인지 매번 다른 사람인지 분간하기 어려웠다. 사촌은 그녀와 혹은 그녀들과 왜 헤어진 것일까.

고지서에는 매달 기본요금이 부과되어 나온다. 그의 이름이 적힌 고지서를 받아 들 때에만 그가 이곳에 살았던 시절이 꿈이 아니었음을 깨닫는다. 꿈이 아닌 것이 분명한 현실에 경악하며 미아를 노려본다.

"너랑 미아를 두고 재혼할 거다."

술에 취한 엄마가 중얼거린다. 나도 그렇게 되기를 바라지만 쉬운 일이 아니다. 엄마가 재혼을 결심한 것이 미아가 막 태어난 직후였는지 미아가 있기 훨씬 전부터였는지 잘 기억나지 않는다. 처음 결심했을 때보다 몇 년을 더 늙어버린 엄마는 여전히 재혼하지 못했다. 만나는 남자는 계속 있지만 그들 중 누구도 엄마에게 청혼하지 않았다. 술이 깨면 엄마는 닥치는 대로 미아를 때린다. 나를 때리거나 밀치지는 않는다. 뜨거운 핏빛 불구덩이 속에서 함께 살아난 동지를 때릴 수는 없는 법이다. 엄마와 달리 나는 절대로 미아를 때리지 않는다. 미아 역시 우리와 함께 핏빛 불구덩이 속에서 살아난 동지니까.

엄마의 말에 의하면 우리의 가난과 자신의 음주, 자신이 계속 버림을 받으면서 살아가는 건 다 미아 탓이다. 하지만 엄마는 미아가 있기 전부터 남자에게 버림받았고 애당초 우리는 가난했다. 간혹 엄마는 어린 미아를 떠밀며 더는 키워주지 않겠다고 소리 질렀다. 미아를 키운다니. 미아는 엄마나 내가 돌보지 않아도 그냥 자란다.

가끔 미아를 흥정의 대상으로 저울질해보기도 한다. 미아를 앞세워 사촌에게 가는 상상은 그리 유쾌하지 않다. 그래도 돈이 궁해지면 자연스레 사촌의 얼굴이 떠오른다. 비웃는 사촌의 표정과 놀란 이모의 얼굴이 겹친다. 그 순간의 치욕을 이겨내면 가난을 이길 만한 큰돈을 받을 수도 있을 것이다.

외투에 꽂힌 엄마의 지갑을 뒤져본다. 훔칠 만한 돈이 없다. 이번 달에도 미아의 놀이방 회비를 내지 못한다. 놀이방에 다니는 동안 미아는 다른 아이들과 섞여 놀지 못

했고 글을 깨치지도 못했다. 돈 때문이기는 해도 놀이방에 가지 않는 것이 미아에게는 잘된 일인지도 모른다. 레고를 쌓아 벽을 만들 필요도 없고 다른 아이들이 간식을 먹는 동안 먼 산을 보고 홀로 있어야 할 일도 없어진다. 게다가 미아의 천식은 갈수록 심해지고 있다. 아이들은 가쁜 숨을 내쉬고 잔기침을 해대는 미아를 돌림병 환자 취급한다. 놀이방에 가지 않으면 미아는 그 모든 것에서 벗어날 수 있다. 대신 미아는 밤늦도록 빈집을 지켜야 한다. 빈집에는 한기와 배고픔이 공기처럼 떠돌 테지만 그건 엄마나 내가 있어도 마찬가지다. 미아는 기차의 기역, 너구리의 니은 하는 식으로 자음과 모음을 가르쳐줄 어른이 없어도 어느 날인가 글을 깨치게 될 것이다. 기차와 너구리 같은 낱말보다 재혼이나 갈비, 외상 같은 낱말을 먼저 익힐 것이다. 숫자 백까지 외우지 못하면 나가 놀지 못하게 단속할 사람도 없다. 나가 놀든 잠을 자든 돈만 쓰지 않는다면 모든 것은 미아 마음대로다.

　루루는 하룻밤 사이 더 기력이 없어 보인다. 축 처진 루루의 몸이 아파서 누워 있는 미아와 꼭 닮았다. 아크릴 벽면을 아무리 두드려도 루루는 꼼짝하지 않는다. 영양의 불

균형 탓에 루루의 활동성은 나날이 떨어지고 있다. 루루는 정해진 식사 외에 아무것도 먹을 수 없다. 이러다가는 마취제를 놓을 필요도 없이 죽어버릴 것이다. 문을 열고 고형 사료를 던져주어도 루루는 잠깐 몸을 들썩일 뿐 그대로 앉아 있다. 이번에는 얼굴 앞으로 바짝 사료를 밀어준다. 마지못해 고개를 들고 사료에 이빨을 박지만 갉아 먹지 못한다. 살갗은 부스럼이 더 심해져 있다. 흰색이던 털은 잿빛으로 변해버렸다. 휘파람을 불며 사료를 입에 대주지만 루루는 아무 반응을 보이지 않는다. 손가락으로 턱을 만져줘도 마찬가지다.

"이리 와봐, 루루."

루루 이름을 부를 때면 휘파람 소리가 난다. 짧은 소리를 내고 이내 흩어지는 바람. 루루가 내 마음에 드는 점은 단 하나이다. 실험실에 들어오는 순간 운명이 결정되어 있다는 것. 실험실에서 지내는 동안 루루는 누구도 바라지 않을 고통을 겪다가 죽어서야 실험실을 빠져나가게 될 것이다. 다행히 죽음까지 얼마 걸리지 않는다. 한 달 남짓한 시간이 삶의 전부이다. 물론 더 일찍 죽을 수도 있다.

갑자기 비명이 들려온다. 아크릴 상자가 바닥에 떨어지는 소리, 발걸음이 후닥닥 모여드는 소리가 이어진다. 쥐

한 마리가 바닥에 떨어져 꼼지락거리고 있다. 동물성 지방질이 든 사료만 먹은 쥐로 루루와는 비교할 수 없을 정도로 몸집이 크다. 쥐는 짧은 다리로 힘겹게 버둥대고 있다. 몸을 움직일 때마다 축 늘어진 배가 무겁게 출렁인다. 쥐는 아크릴 상자의 미닫이문에 목이 끼었다. 손가락을 무는 줄 알고 놀란 실험자가 허둥대다가 상자를 떨어뜨렸다. 차차 움직임이 둔해지더니 쥐는 어느 순간 꼼짝도 하지 않는다. 아이들이 소름 끼친다는 듯 얼굴을 찡그린다. 실험자는 몸을 떨면서도 사지를 늘어뜨리고 죽은 쥐의 사진을 찍는다.

아이들은 누구도 죽은 쥐를 치우지 못한다. 할 수 없이 내가 나선다. 아직 온기가 남아 있는 쥐의 꼬리를 집어 든다. 손가락이 빨갛게 색칠된 목장갑이나 집게는 필요 없다. 꼬리 대신 모가지로 바꿔 쥔다. 꼬리를 잡았다가는 손아귀에서 미끄러질 수 있으니 부러진 모가지를 잡는 게 낫다. 덩치가 워낙 커서 두 손으로 움켜쥔다. 아이들은 쥐를 죽인 게 나라도 되는 듯 인상을 쓰며 물러선다. 죽은 쥐는 건물 뒤쪽 소각장에 던져버려야 한다. 건물 안 쓰레기통에 버렸다가는 금방 구더기가 꼬일 것이다. 숨이 끊어지면 장기는 세상 어느 것보다 지독한 냄새를 풍기며 서둘러 부패한다. 죽은 장기는 실험에 아무런 소용이 없다.

　미아는 옅은 숨을 토해내며 가쁘게 숨을 내쉬고 있다.
몸이 후끈거릴 정도로 열이 높다. 어두운 방 안에 미아의
입김이 흩어진다. 영혼이 흰쥐의 모습으로 죽어가는 사람
의 입에서 빠져나간다는 전설을 들은 적 있다. 미아의 입
김은 꼬리를 길게 내린 흰쥐처럼 보인다. 엉겁결에 미아의
벌어진 입을 막는다. 거친 숨소리가 조금 잦아든다. 숨이
끊긴 듯 사방이 고요해진다. 미아는 어둠이 무거운지 잠깐
눈을 떴다가 다시 감는다.

　나는 앓고 있는 미아를 들쳐 업는다. 등에 업힌 미아는
루루보다 가볍다. 미아와 함께 밤의 도시로 산책을 나간
다. 죽은 루루를 종이봉투에 담아서 동행한다. 다른 실험
자의 죽은 쥐를 소각장에 버리고 돌아와보니 루루가 상자
안에 몸을 늘어뜨리고 누워 있었다. 휘파람을 불거나 머리
를 건드려도 미동하지 않았다. 몸이 아직 따뜻했으나 박동
이 전혀 없었다. 루루는 한 달을 채우지 못하고 죽었다. 실
험은 실패로 끝났다. 아니다. 그야말로 대성공이다. 단백
질 결핍증을 견디는 동물은 없다. 소량의 탄수화물만 먹다
가는 누구나 루루처럼 죽고 만다.

도시는 밤의 소리로 가득 차 있다. 트럭이 쓰레기를 삼키며 쿨럭대는 소리, 식료품점에서 버린 얼음 조각이 녹는 소리, 쓰레기봉투가 젖은 바닥에 내동댕이쳐지는 소리가 들린다. 쥐가 보도 가장자리를 따라 달리는 소리도 들려온다. 등에 업은 미아가 자꾸 미끄러져서 나는 죽은 루루가 들어 있는 봉투를 내려놓고 미아를 다시 들쳐 업는다.

잠든 미아를 깨워보려고 복부 깊은 곳에서 소리를 끌어모아 천천히 휘파람을 분다. 간혹 호흡 때문에 휘파람 소리가 끊기면 미아의 숨소리가 크게 들려온다. 그 소리를 듣지 않기 위해 나는 계속해서 휘파람을 분다. 휘파람은 밤의 거리로 퍼져 나간다. 후미진 곳에서 쓰레기를 뒤지던 쥐들이 그 소리를 듣고 도로로 나온다. 건물의 기둥을 갉다가 나타나고 교미를 하다 말고 모습을 드러낸다. 배 속에 열두 마리의 새끼를 품은 쥐도 나타나고 쓰레기를 문 쥐가 나타나기도 한다. 실험실의 아크릴 상자에서 빠져나온 쥐도 있고 시궁창에서 나온 쥐도 있다.

휘파람 소리에 취한 쥐들이 무리 지어 나를 따른다. 죽은 루루는 종이봉투 속에서 춤을 추듯이 뛰어다닌다. 휘파람이 계속되자 적도에서 남북극까지, 툰드라지대에서 사막까지, 시골에서 대도시에 이르기까지 지구상에 퍼져 있던 쥐들이 모두 나타난다. 그들은 뒷발을 힘차게 구르며 앞으로 달려 나간다. 그들의 몸이 허공에 길게 아치를 그린다. 도로를 뒤덮은 쥐들로 걸을 때마다 땅이 부드럽게 쿨렁거린다. 나는 그들과 함께 밤의 도시를 걷는다. 등에 업힌 미아는 점점 솜털처럼 가벼워진다.

시체들

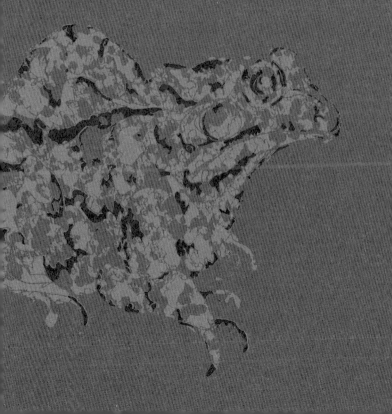

전화가 걸려 온 것은 아내가 실종된 지 한 달가량 지나서였다. 아내가 익사한 장소로 추정되는 계곡에서 여자의 것으로 보이는 신체 일부가 발견되었다고 했다. 그는 다음 날 일찍 내려가겠다며 전화를 끊었다. U시까지는 다섯 시간이 꼬박 걸렸다. 당장 출발한다고 해도 퇴근 시간이 지나서야 관할 경찰서에 도착할 것이다.

발견된 신체 부위는 오른쪽 다리라고 했다. 단지 오른쪽 다리만으로 아내의 신원을 확인해야 했다. 보통 성인의 다리 길이가 신장의 절반쯤이라고 하면, 아내의 키가 160센티미터 정도니 아내의 다리는 80센티미터쯤 될 것이다. 그는 아내 몸을 발바닥에서 무릎의 슬개골, 슬개골에서 허리, 가슴과 머리까지 조금씩 그려나갔다. 대략적인 여자의 몸이 그려졌지만 아내의 몸 같지는 않았다.

그는 아내의 오른쪽 다리가 어떻게 생겼는지 떠올려보
려 애썼다. 다리에 알이 배겼다던 아내의 투덜거림이 생
각났다. 발목이 두꺼워서 스커트가 잘 어울리지 않는다고
했던 말도 생각났다. 하지만 아내의 말대로 다리에 살이
많은지, 많다면 어느 정도인지, 유난히 가늘고 긴 상체에
비해 살이 많다는 것인지 다른 사람에 비해 두껍다는 것
인지 분명치 않았다. 아내의 오른쪽 다리를 평생 한 번이
라도 만져보았는지 의문이 들 정도였다. 그는 아내의 다리
를 쓰다듬듯 허공을 길게 훑어 내려갔다. 아내는 자주 스
커트를 입었는데, 그 아래 드러난 발목이 어느 정도 두께
였는지 도무지 생각나지 않았다. 허공의 여자를 지우려 했
지만 여자는 사라지지 않고 오른쪽 다리를 그의 몸 위에
걸쳤다.

가상의 다리 때문에 머리가 무거워질 무렵 그는 드디어
아내 다리의 특징을 기억해냈다. 아내의 다리에는 작은 연
성섬유종이 달려 있었다. 그것은 계곡에서 발견된 신원 미
상의 신체를 아내의 다리인지 아닌지 구별하는 단서가 될
것이다. 섬유종은 쌀알만큼 작았지만 아내는 혹처럼 크게
여겼다. 몸에 다리만 있는 듯 느껴질 때가 있는데 그게 섬

유종 때문이라는 것이다. 한때 아내는 머리카락으로 섬유
종을 감아두려고 했다. 그러면 섬유종이 떨어진다는 얘기
를 들어서였다. 머리카락이 짧아서 잘 묶이지 않자 대신
가늘고 검은 실을 감아두었다. 얼마 지나지 않아 그것은
피가 통하지 않았는지 시꺼멓게 말라갔다. 다리에서 떨어
지지는 않았다. 만약 까맣게 말라 죽은 섬유종이 붙어 있
다면 아내의 다리로 확신할 수 있을 것이다.

아내는 익사로 추정되는 실종 상태였다. 아내가 계곡에
빠져 허우적거리는 것을 본 목격자가 있었다. 정확히 말하
면 그는 아내가 아니라 한 여자가 계곡에 빠져 허우적대
는 걸 보았다. 담당 형사는 동일 장소에서 다른 실종 신고
가 없는 것으로 미루어 그 시각 물에 빠진 사람이 아내라
고 짐작되나 단정할 수 없다고 결론지었다.

그는 허공에 그린 아내의 다리에 섬유종을 붙여보려다
막상 섬유종이 어느 쪽 다리에 있는지 잘 모른다는 것을
깨달았다. 그것도 모른 채 무턱대고 아내의 오른쪽 다리에
섬유종이 있다고 진술할 수는 없었다. 그의 불확실한 추측
이 아내를 죽음으로 몰 수도 있고 이미 죽은 아내를 여전
히 실종 상태에 머물게 할 수도 있었다. 허공의 다리가 그
의 머리에 쿵 소리를 내며 떨어졌다. 그는 조금 허탈한 기

분을 느꼈는데 그 때문에 당혹스럽기도 했다. 자신이 아내의 불확실한 상태, 즉 익사로 추정되나 시체가 발견되지 않아 실종으로 처리된 상황을 못마땅하게 여기고 있음을 알아차렸기 때문이다. 그는 아내가 산 것도 죽은 것도 아닌 어정쩡한 상태에 놓인 것이 마땅치 않았다.

그는 자신이 한심스러웠다. 10년이나 같이 산 아내의 신체적 특징을 전혀 기억하지 못하다니. 결국 자리를 박차고 일어나 당장 U시로 출발했다. 계곡에서 발견되었다는 오른쪽 다리를 직접 보리라. 그러면 그것이 아내의 다리인지 아닌지 바로 알아차릴 수 있을 것 같았다.

U시로 가는 도중 예보에도 없던 비가 쏟아졌다. 윈도브러시가 둔탁하게 움직이다가 기어이 왼쪽 브러시가 멈춰버렸다. 멈춰 선 브러시를 타고 빗물이 죽 흘러내렸다. 오른쪽 브러시는 투박한 소리를 내며 천천히 움직였다. 그러다 어느 순간 앞차의 불빛 때문에 오른쪽 브러시가 굵은 다리처럼 보였고, 깜짝 놀라 핸들을 놓칠 뻔했다. 곧 윈도 브러시를 껐지만 비가 거세서 다시 작동시켜야 했다. 형체를 알 수 없는 오른쪽 다리가 차창에 흐르는 빗물을 천천히 닦아주었다.

담당 형사는 다행히 퇴근하기 전이었다. 그는 형사를 기다리며 대기실에 놓인 의자에 앉았다. 잠깐 눈이라도 붙일 요량이었다. 얼마 후 누군가 복도를 걸어오는 소리가 들렸다. 검은 그림자가 비에 젖은 신발을 끌고 그를 향해 저벅거리며 걸어오고 있었다. 그림자가 가까워질수록 비릿한 냄새가 풍겼다. 생선을 만지던 아내에게서 나는 냄새였다. 그는 검은 그림자를 계속 응시했다. 거리가 가까워지자 그림자의 형상이 분명해졌다. 아내였다. 아내가 물에 젖은 오른쪽 다리만으로 힘겹게 걸어오고 있었다. 다리는 두껍고 뭉툭한 나무토막 같았다. 놀라서 몸을 일으키려는데 아내가 그를 향해 투박한 다리를 뻗었다. 아내의 다리를 피하려다가 잠에서 깨어났다. 담당 형사가 그의 어깨를 흔들어 깨우고 있었다. 형사는 다음 날 온다더니 왜 당장 내려왔느냐고 묻지 않았다. 그랬다면 그는 당황하여 확실하지도 않은 아내의 섬유종 얘기를 꺼냈을 것이다. 나무토막 다리가 나온 꿈 얘기도 횡설수설 늘어놓았을지 몰랐다.

오른쪽 다리는 신원 미상의 시체들 사이에 누워 있었다. 형사는 무표정하게 냉동 철제판을 끄집어냈다. 딱딱하게 굳은 오른쪽 다리가 철제판 위에 덩그러니 놓여 있었다. 포르말린과 솔벤트, 세척제가 뒤섞인 냄새가 철제판에서 올라오는 차가운 쇳내와 섞였다. 그는 참지 못하고 구역질을 했다. 냄새 때문이 아니었다. 다리는 사람의 것이라고 믿을 수 없을 만큼 까맣게 썩어 있었다. 넙다리뼈가 다 드러난 살 끝이 풀어진 실밥처럼 너덜거렸다. 그와 달리 뼈는 조형물처럼 단단해 보였다. 무릎관절을 보호해주는 슬개골도 그대로였으며 넙다리뼈와 이어지는 정강이뼈도 하얗게 빛났다. 살과 피부는 분명 부패한 시체의 것이었지만 뼈는 산 사람의 것처럼 보였다. 발가락은 짓이겨지고 뭉개져 형상을 알아볼 수 없었다. 원래 발가락이 없었으리라는 생각마저 들었다.

저것은 누구의 다리일까. 그는 숯처럼 까맣게 죽은 다리를 매단 신원 불명의 사람을 생각했다. 자신의 남은 삶을 깊은 계곡물에 빠뜨리게 되리라고 짐작도 못 했을 그 사람은 어쩌면 종종거리며 바쁘게 걸어 다니던 학생이었을지도 모른다. 단단한 종아리를 주무르며 손님을 상대하던 백화점 점원이거나 높이 뛰어오르기 위해 도약하던 육상선수였는지도 모른다. 녹초가 되도록 춤을 추던 청년이거나 종일 사무실 의자에 앉아 있던 사무원일 수도 있었다. 모든 사람의 다리일 수는 있어도 아내의 다리일 리는 없었다.

그는 시체의 일부인 그것을 덤덤하게 바라보았다. 다리는 가차 없이 썩어가는 것으로 자신의 죽음을 증명했다. 수분과 단백질, 핵산 등의 유기물이 모두 빠져나가면서 이미 삶과는 동떨어진 사물이 되었다. 그것은 그에게 인간의 몸이란 부패하기 쉬운 단백질 덩어리라는 사실을 각인시켜주었다. 다리를 보고 있자니 몸 구석구석을 살피며 썩은 곳이 없는지 찾아보고 싶어졌다. 할 수만 있다면 죽기 전한 움큼의 방부제를 삼키리라.

그는 죽은 살덩어리를 눈으로 더듬으며 섬유종을 찾았다. 무릎 부위는 특히 시반이 심했다. 찢어진 살갗인지 섬유종인지 확인하기 쉽지 않았다.

그는 형사를 향해 고개를 저었다.

아내가 아닙니다.

그가 더듬거리며 말을 이었다.

아내는 다섯 발가락이 다 있습니다.

형사가 어깨를 으쓱하며 대답했다.

이 다리에도 발가락이 다 있는 겁니다.

그는 형사의 손을 따라 뭉개진 발끝을 다시 살폈다. 찢겨진 살덩어리 사이에 젖니처럼 조금 솟아오른 뼈가 보였다. 형사는 물고기가 뜯어 그리된 것이라고 일러주었다.

그는 더듬거리며 아내의 다리에는 이렇게 살이 많지 않다고 덧붙였다. 형사는 그것은 살이 아니라 물에 불은 것이라고 했다. 그는 결국 복도로 나와 속엣것을 전부 게워냈다. 시커멓게 엉겨 붙은 토사물이 썩은 살덩어리처럼 보였다. 아내의 발가락을 씹어 먹은 듯 다시 속이 거북해졌다.

계곡 하류에서 낚시를 하던 사내들이 오른쪽 다리를 찾아냈다. 낚싯대가 부러질까 봐 조심스럽게 건져 올렸더니 너덜거리는 다리 한쪽이었다. 시체의 다른 부분은 아직 발견되지 않았다.

형사가 그에게 아내의 다리 수술 여부를 물었다.

아니요, 그런 적 없습니다.

대답을 하고 나서 아이 때나 그를 만나기 전에 수술을 했었는지 모르고 있다는 생각이 들었다. 그는 잘 모르겠다고 대답을 고쳤다. 형사가, 발견된 다리는 바위에 부딪혀 부러지거나 물고기들에 의해 뜯겨 나왔다고 보기에 다소 미심쩍은 흔적이 있다고 했다. 다리가 절단되었을 가능성이 있다는 것이다. 그가 어리둥절한 표정을 짓자 형사는 단순한 수술이나 탈골의 흔적일 수도 있다고 말을 고쳤다.

원래 변사체는 온갖 추측을 불러일으키죠.

형사의 말에 그는 고개를 주억거렸다.

처음으로 함께 낚시를 하러 간 날 아내가 실종되었다. 아내는 유난히 이끼가 심한 바위를 걸어 계곡 가까이 갔다. 그가 조심하라고 이를 때마다 아내는 수심이 얕고 물살이 느리다고 대꾸했다. 아내나 그나 얼마 전의 폭우로 물이 전보다 두 배 이상 깊어지고 유속이 빨라졌다는 것을 미처 몰랐다.

　그가 잠깐 계곡 위쪽에 다녀와보니 아내는 그 자리에 없었다. 계곡 아래쪽에서 낚시를 하던 한 남자가 물에 빠져 허우적거리는 여자를 보았다. 남자는 차마 물이 불어난 계곡으로 뛰어들지 못했다. 그는 이해했다. 물에 빠진 아내를 본 사람이 자신이었더라도 곧장 계곡으로 뛰어들지 못했을 것이다. 물은 칼날처럼 날카로워 보였다. 닿기만 해도 심장을 깊숙이 찌를 터였다.

　아내의 실종으로 그는 경찰의 심문을 받았다. 그는 계곡으로 아내를 떠밀지 않았다는 말을 계속 반복했다. 그의 말을 믿는 사람은 없었다. 아내를 혼자 두고 계곡 상류에 다녀왔다는 그의 말은 신빙성이 떨어졌다. 그가 아내를 밀었다는 증거도 발견되지 않았다. 형사는 아내가 실종된 것으로 결론지었다. 익사로 추정되지만 시체가 발견되지 않았기 때문이다. 아내의 행방을 아는 것은 깊고 어두운 계곡뿐이었다.

사실 그들은 한가롭게 낚시나 즐길 형편이 못 됐다. 상가를 분양 받으려고 쏟아부은 보증금이 허공으로 날아가 버린 직후였다. 수십 명의 피해자와 대책위원회를 꾸렸다. 피해자가 모였다고 해서 별다른 방법이 있는 건 아니었다. 차라리 날려버린 보증금을 벌충하러 다른 곳에서 일을 시작하는 것이 나을 뻔했다. 뭐라도 할 수 있었다면 아내는 죽지 않았을까.

U시로 바람 쐬러 가자고 한 사람은 아내였다. 빈털터리가 된 그들이 머리를 식히려고 잠깐 다녀오기에는 다소 먼 거리였다. 톨게이트를 통과한 후에도 계곡으로 가려면 굽이진 도로를 따라 한참 올라가야 했다. 아내는 반드시 그곳이어야 한다고 했다. 결혼 전 함께 다녀온 적 있는 곳이어서였다. 볼거리가 많은 건 아니지만 U시에는 깊은 계곡과 울창한 숲이 있었다.

그들은 계곡 입구를 지나 상류 쪽으로 한참 올라갔다. 간혹 정차된 차가 있는 걸로 봐서는 드문드문 낚시꾼들이 자리 잡은 것 같았다. 그와 아내는 비교적 인적 드문 곳을 찾았다. 낚시가 처음이었지만 아내는 낚싯밥을 잘 다뤘다. 늘 비린 생선을 만져서 구더기쯤은 아무렇지도 않은지 꾸물거리는 구더기들을 휘저어가며 통통하고 살진 놈을 골라냈다. 찌에 구더기를 끼워 넣으며 살짝 웃기까지 했다. 그런 아내를 보자니 느닷없이 울화가 치밀었는데 그 사실에 당황하여 표정이 굳었다. 새로운 가게 자리를 얻으려다 빈털터리가 된 것이 다 아내 때문이려니 싶었던 것이다. 세상에 징그러운 것도 없고 더러운 것도 없어서 앞뒤 재지 않는 탓에 신중치 못하게 돈을 날린 것이다. 그는 낚싯대를 내려놓았다. 보증금을 날린 사람은 자신이었다. 계약을 서두른 사람도 자신이었다. 그런데도 아내에게 화가 난 것은 자신 말고 탓할 사람이 아내밖에 없어서였다. 화를 삭이기 위해 그는 잠시 차에 다녀오겠다고 했다. 아내가 계곡에 찌를 던져 넣으며 고개를 끄덕였다. 무슨 일이냐고 묻지 않아 서운했다.

그는 무작정 계곡 위쪽으로 차를 몰았다. 굽이진 길을 돌아들면 다시 굽이진 길이 나왔다. 계속 같은 자리를 맴도는 것 같았다. 돌아가려고 차를 돌렸지만 아내와 있던 자리도 쉽게 찾을 수 없었다. 한참 헤맨 끝에 돌아오니 낚시 도구만 남아 있고 아내는 보이지 않았다.

집으로 돌아오는 길에도 비가 내렸다. 그는 고장이 나서 오른쪽만 작동하는 윈도 브러시를 켰다. 경찰서에서 본 다

리는 마르고 가느다랬다. 지금 생각해보니 아내의 다리와
는 너무 딴판이었다. 그는 형사에게 말한 대로 아내의 다
리일 리 없다고 중얼거렸다. 얼마나 많은 시체가 계곡물
속에서 분해되고 있을까. 한때 건강한 신체의 일부였던 그
것들은 물고기 밥이 되었다가 다시 물고기를 잡은 낚시꾼
에게 먹힐 것이다. 입안에 침이 고였다. 그는 차창을 열고
침을 뱉었다. 빗줄기가 그의 얼굴을 때렸다.

식당이 입주한 건물은 시공 당시만 해도 근동에서 보러
올 정도로 탄탄했다. 주변에서 유일하게 엘리베이터가 설
치되어 장난을 치러 오는 꼬마들 때문에 수위가 건물 입
구가 아니라 엘리베이터 앞을 지켰다. 다 50년 전의 일이
었다. 건물의 쇠락은 갑자기 닥쳐왔다. 폭우에 계곡물이
불어나듯, 불어난 물살에 휩쓸려 깊은 곳으로 빨려들듯,
빨려들자마자 숨통에 물이 차오르듯 순식간에 낡아갔다.
양옆으로 주상복합건물이 들어선다는 발표가 난 후 건
물의 쇠락은 더 가속화되었다. 입구가 공사 벽에 가려지면
서 그나마 식당을 찾아오던 사람들의 발길이 뚝 끊겼다.
덩달아 재건축 소문이 돌자 입주자들이 건물을 빠져나가
기 시작했다. 건물 주인은 할 수 없이 두 시공사를 찾아가

건물 매매를 논의했다.

그와 아내는 건물 1층에서 생선백반집을 했다. 식당은 그들이 결혼 후 유일하게 일군 생명체였다. 가게는 그들 부부를 지켰다. 그들을 웃게 만들었고 힘들 때 앉을 의자를 내주었으며 화가 나면 기분을 풀어주었다. 나중에야 알았지만 가게는 아내에게 생선 눈알도 주었다. 아내는 손님들에게 내놓을 생선조림이나 구이에서 눈알을 떼어냈다. 사람들은 눈알이 있거나 없거나 별 신경을 쓰지 않았다. 고기를 잘 먹지 않는 아내는 유독 생선 눈알만 먹었다.

그는 철거 벽 안으로 들어가 가게 문을 열었다. 셔터를 올리기 전부터 생선 썩는 냄새가 바깥으로 새어 나왔다. 아내가 실종인지 죽음인지 알 수 없는 상태에 놓인 후 가게를 정리하지 못했다. 그는 코를 막아 쥐고 전원이 꺼진 냉동고 문을 열었다. 음식들은 한데 섞여 썩어가고 있었다. 냉동고에서 생선 눈알만 담아둔 비닐봉지를 찾아냈다. 아내가 모아놓은 것이었다. 몸통과 함께 썩어가는 눈알들은 시커먼 구정물을 눈물처럼 머금고 있었다. 지독한 비린내와 악취가 번졌다. 숨에서도 비린내가 올라왔다. 썩은 생선에서 흐른 물이 바지에 떨어지면서 시반屍斑 같은 검은 얼룩을 남겼다. 그제야 울음이 터져 나왔다. 느닷없이 아내가 죽은 게 틀림없다는 확신이 들었다.

며칠 후 U시의 경찰서에서 다시 전화가 걸려왔다. 형사
는 곤혹스러운 목소리로 천천히 말을 이었다.

죄송하지만 한 번 더 와주셔야겠습니다. 촌각을 다투는
일은 아닙니다. 시간 될 때 들러도 됩니다만, 그 시간이 가
급적 이르면 좋겠다는 것이 저희의 생각입니다.

그는 뜸을 들이는 형사의 말을 끝까지 다 들은 후 곧 가
보겠다고 대답했다. 전화를 끊으려다 말고 갑자기 생각나
서 형사에게 물었다.

이번에 발견된 것은 뭡니까?

형사는 잠시 말이 없었다. 그는 괜한 질문을 했다고 후
회했다.

어차피 오시면 알게 될 텐데요.

형사가 곧 입을 열었다.

왼쪽 팔과 손입니다. 지문 감식이 어려운 상태여서 곤란
을 겪고 있습니다.

전화를 끊고 나서 그는 자신의 왼쪽 손을 가만히 들여
다보았다. 혈관과 신경이 붙어 있으며 근막筋膜으로 싸인
근육 밑으로 굵고 단단한 팔목이 연결되어 있었다. 팔목

끝에는 각기 울퉁불퉁한 마디를 가진 다섯 개의 손가락이 뻗어 있었다. 손가락은 뭉툭하고 짧았지만 고르게 퍼진 혈관에서 공급받은 피로 혈색이 좋았다. 핏줄은 살아 있는 자의 손임을 증명하듯 불룩하게 튀어나와 있었다. 그것은 틀림없는 자신의 손과 팔이었다. 그는 눈을 감고 방금 보았던 것을 떠올려보려 애썼다. 굵고 투박해 보이는 손가락 마디가 그려졌다. 그리고 굵은 팔목. 그뿐이었다. 형사에게 자신의 손을 설명한다고 해도 더 말할 자신이 없었다.

아내의 얼굴마저 확실하게 떠오르지 않았다. 차갑고 무뚝뚝해 보이던 입매가 생각났다. 그런 형편이니 왼쪽 팔과 손을 기억해낼 리 없었다. 불쑥 아내의 반지가 생각났다. 장식 없이 가느다란 링에 작은 보석이 박힌 반지였다. 어디서나 볼 수 있는 흔한 디자인이었지만 다행히도 그에게 반지에 대한 인상이 남아 있었다. 아내는 날마다 반지를 끼었고 반지는 아내와 함께 물속으로 빠졌다. 시체의 손가락에 반지 흔적이 남았기를 바라는 수밖에 없었다.

이번에는 U시로 가면서 아무것도 먹지 않았다. 지난번처럼 음식을 게위내고 싶지 않았다. 가는 도중 건물 주인에게 문자메시지가 왔다. 가게 자재를 치우지 않으면 건물과 함께 그대로 철거하겠다는 내용이었다. 챙길 물건이 있는 것은 아니었다. 다 버려도 상관없지만 아내가 쓰던 칼은 챙겨 와야 할 것 같았다. 아내의 칼은 탄소강으로 만든, 날이 길고 얇은 회칼이었다. 조림이나 구이용으로 생선을 다듬기에는 적당하지 않았다. 여느 식당의 조리사들이 그러듯 두껍고 네모난 칼로 생선을 토막 내고 내장을 끄집어내야 했을지도 모른다. 생선 배를 가르려고 칼날을 내리그을 때면 칼끝이 종종 아내의 손목에 닿았다. 그 모습에 그는 매번 깜짝 놀랐지만 아내는 그저 끝이 뭉툭한 바늘에 찔리는 느낌이라고 했다.

계곡에서 발견되었다는 왼쪽 손목에 날카로운 것으로 찔린 흉터가 곳곳에 있다면 아내임을 증명할 수 있을 것이다. 그는 드디어 아내 몸의 특징을 찾았다는 데에 안도감을 느꼈다. 아내와 다시 만난다면 몸 구석구석을 들여다보리라고 마음먹었다. 아말감으로 때운 이가 어느 쪽 어금니인지, 개수는 몇 개인지, 코뼈의 생김새는 어떤지, 뼈가 휜 방향이 왼쪽인지 오른쪽인지, 귓불은 어떻게 말렸는지, 귓바퀴의 연골이 부드러운지 딱딱한지, 점이 몸의 어느 위치에 있는지도 전부 알아두리라. 할 수만 있다면 뼈와 골반 속에 들어 있는 내장의 생김새도 기억해둘 것이다. 그런 후라면 아내가 사지가 찢긴 채로 죽음을 맞더라도, 우연히 건져 올린 시체의 부분으로 아내임을 확인해야 하더라도, 아내의 몸과 아내의 몸이 아닌 것을 분명히 구별할수 있으리라.

형사는 그에게 먼저 사과부터 했다. 또다시 곤혹스러운수고를 끼쳐 미안하다고 했다. 그는 아무 대꾸도 하지 않았다. 이번에 발견된 팔이 아내의 것이었으면 좋겠다는 말은 삼켜 넣었다. 팔은 지난번에 본 오른쪽 다리와 마찬가지로 퍼렇게 죽은 채 물에 퉁퉁 불어 있었다. 일부가 떨어져 나간 살갗이 종잇장처럼 너덜거렸다. 손가락 끝이 다뜯겨 있고 혈관이 전선 끝을 잘라낸 것처럼 벌어져 있었다. 그것은 살진 구더기를 골라 낚싯밥을 말던, 비늘을 벗기고 내장을 끄집어내고 소금을 쳐서 생선을 굽던 아내의손이었을지도 모른다. 컴퓨터 키보드로 문서를 입력하는사무원의 손이거나 협주곡을 연주하는 바이올리니스트의손이었을 수도 있다. 그는 형사에게 반지가 없었느냐고 물었다.

없었습니다.

형사가 난감한 표정으로 말을 이었다.

자세히 보시면 손가락 끝이 유난히 희멀겋습니다만 물

에 불어 그렇게 된 것인지 반지 때문인지 확실하지 않습니다.

그는 이번에도 아내인지 아닌지 잘 모르겠다고 대답했다. 형사가 으레 그렇다는 듯 고개를 끄덕였다.

역시 두상이 발견되기 전에는 신원을 파악하기 쉽지 않을 듯합니다.

뜯겨 나간 코, 뿌리가 갈라져 벌어진 이, 물에 슬려 살갗이 뜯긴 뺨, 수초가 막아버린 동공…… 두상으로 발견되는 아내를 상상하자 소름이 끼쳤다. 그는 반지라도 있다면 하고 괜한 말을 꺼냈다. 형사가 다시 한번 미안하다고 사과했다.

그 계곡은 워낙에 익사자가 많습니다. 이끼를 잘못 밟아 미끄러져 빠지는 사람도 많고 헤엄을 치다가 급류에 휩쓸리는 사람도 있습니다. 살짝 발만 담그려다가 미끄러지는 바람에 순식간에 휩쓸려 가는 사람도 있고요. 자살하는 사람도 많지요. 유서나 유언을 남기지 않은 사람들은 영영 실종자로 남게 됩니다. 계곡이 워낙 깊어서 수색도 어렵고요. U시 사람들은 지독한 낚시광이 아니면 그 계곡에 잘 가지 않습니다. 아주 유명한 계곡이니까요. 산 사람을 잡아끄는 귀신이 있다는 소문이 돌아요. 계곡 근처에서 운전자들이 귀신을 보았다는 농담도 자주 하죠. 그것 때문에 텔레비전 프로그램에도 몇 번 나간 적이 있는데, 못 보셨습니까.

그는 고개를 저었다. 형사가 손에 낀 장갑을 빼며 말했다.

첩첩산중인데도 전국의 낚시꾼이 몰려오는 이유가 다 그래서라는 얘기가 있습니다. 거기 고기가 유난히 맛이 좋은 게 다 익사자들 때문이라는 거지요.

형사는 그에게 왜 이렇게 먼 데까지 휴가를 왔느냐고, 조사 당시 했던 질문을 반복했다. 그는 형사를 빤히 쳐다보는 것으로 대화를 끝냈다.

익사체가 발견되면 다시 U시에 와야 할 것이다. 언젠가는 신원이 불분명한 시체의 머리통이나 상반신을 확인하러 오게 될지도 모를 일이다. 서울로 돌아오는 내내 그는 아내의 손을 생각했다. 한때 그의 뺨을 쓰다듬고 그에게 요리를 해주고 생선 눈알과 내장을 끄집어내던 손, 양념 냄새가 밴 손, 가게 셔터를 올렸다 내렸다 한 손, 영업을 마치고 흐르는 눈물을 닦던 손, 새 가게의 보증금을 날리고 돌아온 그의 손을 뿌리치던 손, 구더기를 고르던 손, 계곡에 빠져 허우적거렸을 손. 그 모든 손은 하나도 남아 있지 않았다. 경찰서에서 본 것은 단지 다 썩어가는 시체의 일부였다.

가게는 이전보다 더 어두웠다. 이웃한 가게들이 모두 설비를 뺀 탓이었다. 냉동고에 든 것을 모두 내다 버렸다. 냄새가 워낙 지독해서 몇 번이나 구역질을 했다. 썩어 문드러진 것을 볼 때마다 물 아래 가라앉은 아내의 몸이 떠올랐다. 아내는 깊은 계곡을 타고 내려가다 날카로운 바위에 뼈가 부딪쳐 몸이 부서졌을 것이다. 부서진 몸으로 물살에 휩쓸리다가 사나운 고기에게 몸이 찢겼을 것이다. 청각은 사람의 감각 중에서 제일 늦게 죽는다던데, 아내는 물에 휩쓸리면서 거센 물살에 섞인 자신의 비명 소리와 날카로운 이빨의 육식성 어종이 다가오는 소리, 바위에 부딪칠 때마다 뼈에 금이 가는 소리, 죽음을 감지하고 몰려드는 쇠파리의 날갯짓 소리를 모두 들었을 것이다. 계곡에 던져진 수많은 낚싯줄이 물살에 흔들리면서 내는 소리와 모르는 낚시꾼들이 떠드는 소리도 들었을 것이다.

그 생각에 울음이 터져 나오려는데 주방 쪽에서 무슨 소리가 들렸다. 검은 그림자가 어른거리는 게 보였다.

거기, 당신이야?

그는 잔뜩 잠긴 목소리로 물었다. 아내가 물고기에게 뜯겨 너덜너덜해지고 시커메진 왼손으로 생선을 다듬고 있었다. 왼쪽 다리로 선 듯 몸이 기우뚱했는데, U시의 경찰서에서 본 썩어가는 다리에 의지하고 있어서였다. 아내는 대꾸 없이 생선을 다듬고 도려내는 일에 열중했다. 왼손으로 몸통을 눌러 잡고 오른손의 엄지와 검지로 눈알을 팠다. 눈알에 혈관이 길게 달려 나왔다. 아내의 손가락 끝이 피로 검게 물들었다. 그는 조리하지 않은 생선을 소리 내어 삼키는 아내를 하릴없이 쳐다보았다. 아내는 생선 눈알을 입에 넣고 그를 힐끗 쳐다보다가 이내 시야 너머로 사라졌다.

검은 그림자가 보이지 않게 되자 가게는 더 서늘해졌다. 그는 낡은 식기 틈에서 날카롭게 빛나는 아내의 칼을 챙겼다. 누군가 막 쥐었다 놓은 듯 칼자루가 따뜻했다. 칼에 묻은 검은 핏자국을 옷에 닦았다. 칼을 뺀 나머지 물건은 죄다 내버릴 생각이었다.

기중기에 매달린 쇠공이가 건물 벽을 건드릴 때마다 뼈에 금을 긋는 것처럼 아팠다. 그는 자식처럼 여기던 가게가 건축 폐기물이 되어가는 걸 지켜보았다. 길쭉한 간판이 떨어져 나갔다. 유리문이 요란하게 부서졌다. 시멘트 더미가 봉분이 되어 아내와 가게를 묻어주었다.

집으로 돌아가려는데 전화벨이 울렸다. U시의 형사였다. 먼젓번 전화가 걸려온 지 열흘이 채 지나지 않았다.

번거로우시겠지만 다시 와주셨으면 합니다.

침착한 말투였다. 그는 다시는 시체의 일부를 확인하는 일을 하고 싶지 않았다. 그것들은 아내의 일부일지 모르지만 이미 죽은 몸이라는 점에서 아내와 아무런 상관없는 사물에 불과했다. 그는 이번에는 가고 싶지 않다고 대답했다. 얼마 후에는 오른쪽 팔이나 왼쪽 다리가, 사지 잘린 몸통이나 다시 오른쪽 다리가 발견될지도 모를 일이다. 시체는 깊고 비밀스러운 물속에 잠겨 있다가 원하는 때에 얼마든지 모습을 드러낼 것이다. 그럴 때마다 시체의 부분을 확인하러 다닐 일을 생각하니 곤혹스러웠다.

이번에 발견된 것은 부인 되시는 분으로 추정되는 두상입니다. 골상 확인 결과 최근 실종자 중 가장 유사하다는 결과가 나왔습니다.

그의 가슴이 세차게 두근거렸다. 두상은 아내의 상태를 실종에서 사망으로 바꿀 결정적 단서가 될 것이다. 다시는 U시에 시체를 확인하러 다니지 않아도 될 것이다. 그는 뜸을 들이다가 아내의 얼굴이 어떠냐고 물었다. 형사가 머뭇거리다 대답했다.

익사체가 깨끗하게 발견되는 경우는 별로 없습니다. 대부분 물속에서 머리와 팔다리를 밑으로 늘어뜨린 채 엎드린 자세로 떠 있다가 발견되지요. 그러다 보니 머리나 얼굴, 목은 부패 속도가 더 빠릅니다. 거대하게 부풀어서 형체를 알아보기도 쉽지 않고요. 이번같이 두상만 발견되는 경우는 드물지만 말입니다.

형사는 아내의 두상이 형편없이 망가졌다는 것을 길게 돌려 말했다. 그는 곧 내려가보겠다고 말하고 전화를 끊었다.

처음 목격자가 나타났을 때 그는 자신의 손을 오랫동안 들여다보았다. 손가락뼈 열네 개, 손바닥뼈 다섯 개, 손목뼈 여덟 개. 그 어느 부위보다 여린 뼈로 이루어진 손. 열이나 차가움, 따가움 같은 고통을 느끼면 수천 개에 달하는 신경이 즉각 반응을 보이며 움츠러드는 손. 어쩌면 자신이 그 손으로 아내를 계곡 아래로 떠민 것은 아니었을까. 아내의 손에서 꼼지락거리던 구더기를 보고 치밀어 오르던 그의 고통을 감지한 손이 아내를 무심결에 밀어버린 것은 아니었을까.

그는 아내의 두상을 확인할 자신이 없었다. 아내는 눈을 부릅뜨고 죽어 있을지 모른다. 수초가 두 눈에 처박혀 검은 눈물을 흘리는 것처럼 보이고 시커멓게 썩은 입은 구더기가 슬어 거품을 문 것처럼 보일 것이다. 물에 부풀어 관에 담기지 않을지도 모른다. 두상을 제외한 다른 부위는 솜을 채워 넣고 염해야 할 것이다. 그는 아내의 가슴팍에 칼을 넣어주리라 생각했다. 날을 벼린 칼은 썩지 않고 남아 죽은 아내의 등뼈가 되고 넙다리뼈가 되고 발바닥이 되어줄 것이다. 칼은 아내의 유일한 부장품이었다.

경찰서로 가기 전 아내가 떨어진 계곡으로 차를 몰았다. 뉘엿뉘엿 해가 지고 있었다. 길은 끝나는가 싶으면 다시 구불구불 이어졌다. 상류로 올라갈수록 나무가 울창해서 낚시꾼들이 보이지 않았다. 아내와 함께 있던 곳도 헷갈렸다. 더 위쪽으로 올라가보려는데 계곡 가까이 서 있는 한 무리의 낚시꾼이 눈에 띄었다. 비슷하게 생긴 사내 여럿이 고기를 낚아 올리고 있었다. 모두 신이 나 죽겠다는 표정이었다. 다른 곳보다 입질이 좋은 모양이었다. 끌리듯 차를 세우고 그들에게 다가갔다. 두 시간 넘게 굽이진 길을 거슬러 온 것 같은데도 길은 여전히 끝이 보이지 않게 굽어 있었다. 얼마쯤 더 가야 계곡 끝에 닿을지, 아내가 사라진 자리가 어디인지 알 수 없었다.

물은 발목에 닿을 듯 맑게 찰랑거렸다. 그런 곳일수록 물이 깊다던 아내의 말이 떠올랐다. 아내는 이런 곳에 떨어져 흐르면서 신체가 훼손된 것이다. 나무 그늘에 둘러싸인 차디찬 계곡물은 수온이 낮았을 것이다. 수온이 높았다면 아내가 버틸 수 있는 시간이 다소 늘어났을지도 모른다. 그래봐야 30분을 넘기지 못했겠지만.

그는 낚시꾼들에게 다가갔다. 그들은 소리 없이 고기를 낚고 있었다. 월척이라고 자랑하는 소리나 겨우 피라미 새끼로 그르느냐고 타박하는 소리는 들리지 않았다. 그들은 장난을 치듯 낚싯대를 아래위로 빠르게 놀렸는데 솜씨가 좋은지 계속해서 무엇인가를 건져 올렸다. 가까이 다가가 들여다본 그는 짧게 비명을 내질렀다. 한 사내가 건져 올리는 것은 검은 피가 뚝뚝 떨어지는 팔이었다. 그 옆의 사내는 뼈가 하얗게 드러난 엉덩이를 건져 올렸다. 실핏줄이 엉겨 붙은 눈알을 건져 올리고 기뻐하는 사내도 있었다. 혀가 길게 빠져나온 머리통, 까맣게 죽은 발가락, 수초처럼 엉겨 붙은 머리카락이 여기저기서 건져 올려졌다. 그중에는 출렁거리고 윤기 도는 푸른 내장도 있었다. 한 사내는 날개가 달린 몸통을 건져 올렸다. 몸에 푸른 무늬가 있고 얼굴에 희고 붉은 부리가 있는 짐승이었다. 여러 명의 낚시꾼이 힘을 모아 뭔가를 끌어 올리기도 했다. 거대하게 부푼 몸통이었다. 물고기 비늘로 뒤덮여 반짝거리는 몸통이 찌에 매달려 덜렁거렸다. 미끼는 살이 통통하게 오른 커다란 구더기였다. 새로운 미끼를 낄 새도 없었는지 한 사내가 주머니에서 꾸물거리는 구더기를 한 움큼 꺼내어 계곡 아래로 던졌다. 물에 떨어진 구더기들은 흩어지지 않고 덩어리져 모였다. 계곡을 떠돌던 찢겨진 사지가 구더기 주위로 몰려들었다. 그는 깜짝 놀라서 뒤쪽으로 발을 뺐다. 그러다 발을 헛디뎌 계곡 아래로 떨어질 뻔한 것을 고목의 밑동을 잡아 간신히 버텼다. 버둥대고 있는 그의 머리 위로 미끄덩거리는 덩어리가 떨어져 내렸다. 덩어리는 머리에 닿자마자 산산이 흩어져서 그의 온몸으로 퍼져 나갔다. 그것들을 떼어내려고 손사래 치다가 그는 그만 계곡으로 빠지고 말았다.

해가 진 뒤의 계곡은 내장이 얼어붙을 정도로 차가웠다. 물살이 그의 몸을 옥죄어왔다. 그는 떠내려가지 않으려고 여기저기 내걸린 낚싯줄을 향해 팔을 뻗었다. 낚시꾼들은 어둠에 묻혀 형체가 보이지 않았다. 그는 위쪽을 향해 줄을 당겨달라고 크게 소리쳤다. 물고기들이 그에게 다가오고 있었다. 발가락을 물어뜯는 물고기도 있었다. 누군가 그를 향해 내던진 낚싯바늘이 머리통 한가운데 걸렸다. 찌가 들어 올려지면서 살갗이 조금씩 벗겨졌다. 물 위에 떠있던 구더기들이 벗겨진 틈을 파고 들어오기 시작했다. 그는 낚싯줄에 걸려 서서히 위쪽으로 끌어당겨졌다. 낚시꾼들이 그를 건져 올려 다른 몸통과 함께 큰 어망에 담아 바닥으로 던졌다.

흙은 이슬에 젖어 촉촉하고 말랑한 냄새를 풍겼다. 그는 상처 난 몸을 땅에 댄 채 누워 밤의 계곡이 내는 소리를 들었다. 나뭇잎이 바람에 뒤척일 때마다 계곡물이 부드럽게 일렁였다. 하얗게 빛나는 구더기들이 어망을 향해 기어 오느라 몸을 움츠렸다 펴는 소리도 들렸다. 낚시꾼들이 줄을 내던질 때마다 계곡은 채찍으로 얻어맞는 듯 날카롭게 찰랑거렸다. 물이 웅웅거리며 소용돌이쳤다. 아내의 흐느낌처럼 들렸다. 구더기들이 어망 안에 담긴 그의 몸을 완전히 뒤덮고 옆의 나무로 올라갔다. 한 줄로 늘어서서 줄기를 타고 위로 올라가는 그것들은 나무에 새겨진 하얀 줄처럼 보였다. 그들은 곧 나뭇가지 끝에 다다랐다. 거기에서 가볍게 몸을 날려 아래로 떨어졌다. 그의 몸 위로 구더기들이 비처럼 쏟아져 내렸다. 그는 깜깜한 밤의 계곡에 매장되었다.

시체들의 괴담, 하드고어 원더랜드
─편혜영 소설과 모더니티의 엽기전

이광호
(문학평론가)

1. 시체들이 나타났다

소설의 첫 문장들은 시체의 출현을 알리고 있다. "여학
생의 옷이 발견된 곳은 저수지 뒤쪽의 숲이었다"(「저수
지」, p. 11), "시체는 왕피천 동쪽 끝자락에서 떠올랐다./
시체를 건져 올린 사람은 젊은 남자였다"(「문득」, p. 103),
"칼라는 거기에 있었다. 무릎을 꿇고 고개를 숙인 채였다.
스웨터는 입었지만 허리 아래는 나체였다"(「누가 올 아메
리칸 걸을 죽였나」, p. 129), "전화가 걸려 온 것은 아내가
실종된 지 한 달가량 지나서였다. 아내가 익사한 장소로

추정되는 계곡에서 여자의 것으로 보이는 신체 일부가 발견되었다고 했다"(「시체들」, p. 235)와 같은 방식으로, 시체들이 소설의 도입부에 등장한다. 이런 소설의 서두를 읽으면서 아마 독자들은 스릴러 영화의 첫 장면이나, 탐정소설의 서두를 떠올릴지도 모르겠다. 당신은 어떤 이야기가 진행되기를 기대하는가? 이제 우리의 주인공이 등장하여 여러 혼돈과 곡절 끝에 끔찍한 범죄와 사고의 진상을 밝혀내게 될 것이라고 기대해도 될까? 그렇게 마음을 졸이며 스릴을 맛보고 나면 결국 사건의 전모가 내 손안에 주어질까? 미안하지만, 편혜영의 소설은 전혀 다른 방향으로 나아가기 시작한다.

실종 사건이 벌어지거나 미확인 시체가 발견되는 사건은 일상의 평온한 질서를 깨뜨리고 그 뒷면의 끔찍하고 부조리한 세계를 대면하게 만든다. '실종'이란 일상 세계에 속한 개인이 그 일상적 공간으로부터 증발되는 사건이며, '시체의 발견'은 살아 있던 개인이 하나의 죽은 육체로 드러나는 사건이다. 대중적인 장르 안에서 이 불가해하고 기이한 사건들은 어떤 방식으로든 해결되고 결국 '설명 가능한' 세계로 귀결된다. 불길한 사건들은 최소한의 인과적 관계로 얽혀 있음이 판명되어야 한다. 사건의 실체는 우리의 주인공이 최후로 재구성하여 복원하는 선형적인 서사에 의해 밝혀질 것이다. 그래야만 불길한 사건들의 출몰에도 불구하고 세상은 여전히 살 만한 어떤 세계로 남아 있게 되며, '나와 우리'가 범죄와 참혹한 죽음에 연루될 수 있다는 공포와 죄의식은 면죄부를 받을 수 있다. 시체들의 괴담은 이곳이 아닌 저곳의 이야기가 되어야만 한다. 그런데 편혜영은 이런 스릴과 면죄부를 독자에게 선사하는 대신에, 시체들이 출몰하는 현실의 악몽을 극한까지 몰고 감으로써 인간의 문명 세계 전체를 지옥도로 그려낸다. 이런 측면에서 편혜영의 서사는 일찍이 지옥의 세계를 묘사한 단테적 상상력을 연상시킨다. 사건의 전모를 알 수 없는 것은 물론이요, 불길한 사건은 세계의 일부에서 벌어지는 것이 아니라, 이 세계 전체의 종말론적 상황을 압축하고 있다. 사건은 결코 해결되지 않고, 파국은 오히려 확산되며 이 지옥으로부터 빠져나갈 어떤 출구도 인간에게 주어지지 않는다.

그 지옥의 풍경 속에서 인간은 동물과 벌레와 물질의 단계로 퇴보한다. 인간은 추락하는 '개구리'가 되거나(「아오이가든」), 단백질을 섭취하지 못하여 죽어가는 실험용 쥐와 같아지거나(「마술 피리」), 구더기 천지 속에서 생과 죽음이 구별되지 않는 존재이거나(「문득」), 박제되거나 실험실의 해부대 위에 놓인 상황(「맨홀」)이 된다. 인물들은 벗어날 수 없는 정신적·신체적 결핍과 장애에 처해 있으며, 세상에 대한 사소한 희망과 인간에 대한 신뢰도 갖고 있지 못하다. 이런 카프카적 상상력은 편혜영 소설의 경우, 개인의 실존적 부조리라는 주제 안에 제한되어 있지 않다. 이런 상상력은 마치 인간의 진보와 진화의 역사 전체를 야유하는 것처럼 보인다. 문명을 건설한 이성을 가진 위대한 인간은 시체와 벌레와 동물의 단계로 혹은 물질의 흔적으로 퇴행한다.

진보와 진화의 신화가 인간이 발명한 이데올로기에 불과한 것이라고 한다면, 편혜영의 소설은 일개 짐승에 불과했던 인간이 진화의 역사 속에서 스스로 망각했던 그 짐승의 단계를 다시 기억하게 만든다. "모든 살아 있는 것, 그러니까 신생대 제3기 팔레오세까지 거슬러 올라가면 발견되는 원시 포유류에게서 유래된 향성向性일 수도 있다. 그때 인간은 아직 쥐였으니까. 지나온 과거의 모습이 현재 속에 얼마나 들어 있는지 알 수 없지만 루루를 보면 숨처럼 깊은 저 지질시대의 어두운 숲에서 먹이를 찾기 위해 눈알을 굴려대며 웅크리고 있는 나를 느낀다. 나는 분명 새까맣고 형편없는 쥐의 모습이었을 것이다"(「마술 피리」, pp. 213~14). 인간이 쥐이거나 구더기였던 것을 상기하는 이 그로테스크한 역진화의 기억술은, 인간 진보의 신화를 근본적으로 부정한다. 여기에서 인간의 집단적 동일성뿐만 아니라, 인간 개인의 주체성은 근본적으로 박탈되어 있다. 인간 존재에 대한 이 원초적인 유물론은 이제, 어떤 '휴먼 스토리'도 개입하지 못하는 완벽한 악몽의 세계로 독자들을 초대한다.

2. 검은 물 밑에서

시체들이 출몰하고 인간이 동물로 화하는 공간은 어떤 곳인가? 작가는 그 공간에 국적과 구체적인 지명을 부여하려 하지 않는다. 그 공간들은 가끔 비현실적인 느낌을 주지만, 한편으로 그곳은 이 세계 어디에나 존재할 수 있는 '지구적인' 차원의 장소가 된다. 그곳들은 우선 도시의 저편에 고립되고 버려진 원시적 공간으로 나타난다. 그런데 도시적 공간과 야만과 원시의 공간은 그리 멀지 않은 곳에 있으며, 그 원초적인 야만의 장소는 끊임없이 일상적 공간에 틈입한다. 그곳에서는 산 자와 죽은 자, 인간과 동물의 경계가 모호해진다. 가령 그곳은 바닥을 알 수 없는 검은 물이 있는 공간일 수도 있다. 검은 물의 심연은, 그 바닥을 알 수 없는 문명 세계의 부조리한 밑자리에 대한 깊은 상징이 된다.

이를테면 저수지 옆의 숲은 실종 사건이 끊임없이 일어나는 곳이다(「저수지」). 최근에도 한 여학생이 그곳에서 실종되었다. 한때 마을의 자랑거리로 아름다웠던 저수지는 '젖은 쓰레기통'이나 마찬가지인 흉물거리로 전락하였다. 저수지 옆의 방갈로에는 더럽고 병든 아이들이 숨어 살고 있다. 아이들은 저수지 속에 살고 있는 괴물의 존재를 생생하게 알고 있다. 엄마가 돈을 벌기 위해 문을 잠그고 도시로 간 이후, 방치된 아이들은 더욱더 끔찍하게 굶주리고 몸이 썩어가면서 죽어간다. 아이들이 숨어 있는 방갈로는 결국 사람들에 의해 발견된다. 그러나 실종된 여학생을 찾기 위해 물을 빼기 시작한 저수지에서는 실종자의 흔적이 발견되지 않는다. 시체는 "저수지보다 더 깊은 곳에 가라앉아 있을지도 모른다. 아무리 물을 퍼내도 찾을 수 없는 곳 말이다"(p. 33). 문명 세계의 공권력으로도 찾을 수 없는 시체가 숨겨진 공간은, 어떤 합리적인 탐색으로도 설명되지 않는 세계를 암시한다. 아이들이 알고 있는 저수지 속 괴물의 존재, 그리고 아이들이 만화영화에서 본 괴물이 키운 왕자의 이야기 역시 근대적 합리성의 영역으로는 해명되지 않는 괴담의 세계이다. 저수지의 물을 아무리 퍼내도 시체가 숨겨진 저수지의 깊은 바닥이 결코 드러나지 않는 것처럼, 해결될 수 없는 실종 사건은 계속 벌어질 것이며, 괴담의 공간은 결코 사라지지 않는다. 쓰레기로 가득 찬 저수지는 괴물의 괴담이 살아 있는 문명 이전의 공간이거나, 혹은 문명 이후의 묵시록적 공간이다.

「문득」에서 여자의 시체가 떠오른 호수는 관광지인 동굴의 주변에 위치한다. 주인공 여자가 일하는 동굴 내부는 바깥 세계와는 단절된 공간이다. 동굴은 일상적인 공간과는 차단되고 은폐된 태초의 공간이다. 그 태초의 공간 속에서 풍기는 이상한 냄새에 대해, 여자는 그것이 죽음과 관련되어 있다고 생각한다. 동굴은 문명 세계의 일상적 공간에 대비되는 원초적인 죽음의 공간이다. 취미로 마라톤을 했던 여자의 남편은 실종되었다. 남편은 아무 규칙성과 인과성도 없이 늘 여자를 때렸고, 마라톤 대회에서 40킬로미터까지 달리다가 도착 지점 전에 증발해버렸다. 여자가 키우는 고양이인 '제니퍼'가 숨겨놓은 죽은 쥐의 냄새 때문에 여자의 집 안은 구더기들로 가득하다. 그 구더기 천지에 여자가 가만히 몸을 누이는 마지막 장면은, 이 여자가 살아 있는 존재일까를 의심하게 한다. 소설은 여자가 이미 죽은 사람일 수 있다는 것을 곳곳에서 암시한다. 관리소장은 떠오른 시체가 동굴에서 일하던 '직원' 같다고 추측했다. 빨간 터틀넥을 입고 있던 '직원'과 남편으로부터 당한 폭력의 흔적을 감추기 위해 목이 긴 스웨터를 입고 있는 여자는 동일 인물일 수 있다. 소설의 마지막 장면에서 여자는 거울을 들여다보지만, 그곳에는 여자의 얼굴이 없다. 그렇다면 이 모든 것들은 여자의 상상, 혹은 죽은 여자의 상상일까? 분명한 것은 "산 사람이 사람인 것처럼 죽은 사람도 사람이"(p. 122)라는 것. 여기서 여자의 집과 동굴의 공간은 '죽은 자'들이 자신들의 방식으로 살고 있는, '시체들의 삶'이 있는 공간이다.

「시체들」에 나오는 U시의 계곡물은 "발목에 닿을 듯 맑게 찰랑거렸"지만, 아내는 "그런 곳일수록 물이 깊다"(p. 259)고 했다. 그곳은 "산 사람을 잡아끄는 귀신이 있다는 소문이"(p. 252) 도는 곳이다. 주인공은 아내와 그곳으로 머리를 식히려고 갔지만 아내는 실종되고, 아내의 것으로 추정되는 신체의 일부들이 계곡에서 발견된다. 처음에는 오른쪽 다리, 그다음은 왼쪽 팔. 거기서 그는 아내의 몸을 확인하지 못한다. 아내와 그는 도시의 상가 건물에서 생선 백반을 팔아왔으나 건물은 철거를 앞두고 있다. 마지막으로 발견된 것은 아내의 두상이다. 그는 자신의 손으로 아내를 계곡으로 떠민 것은 아닌가를 자문한다. 경찰서로 가기 전 계곡을 다시 찾아간 그는, 그곳에서 시체의 일부들을 낚아 올리는 엽기적인 장면을 목격한다. 급기야 그 자신도 계곡에 빠진 뒤, 낚싯줄에 걸려 올라와 어망 속에 담겨지는 극단적인 상황이 벌어진다. 구더기로 뒤덮인 "그는 깜깜한 밤의 계곡에 매장되었다"(p. 261). 계곡은 인간을 낚싯줄에 걸리는 몸뚱이로 만드는 죽음의 공간이다. 그곳에서는 산 자와 죽은 자, 죽은 자와 죽인 자가 구별되지 않는다. 그 공간에서 인간은 낚싯줄에 걸린 물고기이거나, 그 물고기들이 뜯어 먹는 한낱 짐승의 사체에 불과할 것이다.

「서쪽 숲」에 나오는 도시 외곽 공간에는 거대한 공장 지대가 있다. 그런데 그 공장까지 가는 길을 아는 사람은 별로 없으며, 공장의 생산품 또한 알려져 있지 않다. 도시의 중앙에는 거대한 무덤이 있고, 이곳을 찾아온 관광객들이 도시 사람들을 먹여 살린다. 도시의 끝에는 숲이 있지만,

그곳은 실체가 없는 풍문의 장소이다. 그곳은 오래전 여자의 형제가 "사람을 죽였다는 누명을 쓰고"(p. 197) 도망친 숲이다. 약국에서 '미라'처럼 앓고 있는 노인을 돌보며 일하는 여자는 관리소장의 의뢰인에게 서류를 전달하는 일을 한다. 그리고 여자는 이 불법적인 서류의 내용과 루트를 전혀 알지 못한다. 여자를 찾아와 불면과 환각을 호소하며 약을 사러 오던 사내는 무덤 입구에서 매표소를 지키는 자였다. 여자는 결국 스스로 의뢰인이 되어 소장에게 서류를 준비해달라고 요구한다. 서류의 내용과 루트를 알기 위해 사내를 뒤쫓던 여자가 숲속에서 발견한 것은 거대한 건물이다. 그 건물 안 방들의 기이한 이미지들 속에서 노인과 사내는 그로테스크한 장면을 연출하고 있다. 결국 '서쪽 숲'의 공간은 도시 사람들의 삶으로부터 추방된 자리, 혹은 '서류'를 통해 전달되는 그들의 은밀하고도 어두운 충동과 죄의식이 만들어낸 괴담의 공간이다.

3. 도시 괴담

앞에서의 실종 사건이 주로 도시적인 공간과는 대비되

는 어떤 원시적인 공포를 간직한 곳에서 벌어졌다면, 편혜영의 또 다른 소설들은 도시 공간 자체를 괴담의 자리로 만든다. 그곳에서 문명 세계는 이미 그 안에 끔찍한 야만을 간직한 공간이다.

'아오이가든'은 어디인가? 시커먼 개구리들이 비에 섞여 떨어져 깊이를 알 수 없는 쓰레기 더미 속으로 빨려 들어가고, 역병이 창궐하는 거리의 아파트 단지이다. 동물들의 사체와 쓰레기로 가득 찬 도시는 부식되면서 지독한 냄새를 풍긴다. 역병을 옮기는 빨간 스카프를 두른 소녀에 대한 흉흉한 소문이 떠도는 그곳에서, 사람들은 철저한 고립과 공포 속에서 살아간다. '그녀-엄마'와 살고 있는 '나'의 집에 방문한 '누이'는 임신을 한 상태이다. 육체적으로 성장을 정지한 다리를 가진 불구의 '나'와 움직일 때마다 붉은 눈을 흔적으로 남기는 '그녀-엄마', 그리고 임신한 병든 누이는 이 공간에 거주하는 결핍과 퇴행의 존재들이다. 집 안과 밖을 넘나들며 계속 임신하는 고양이 때문에, 엄마가 고양이의 자궁을 들어내는 장면은 자극적이며 강렬한 상징성을 얻는다. 폐경을 맞은 '그녀-엄마'가 다시 월경을 시작하면서 역겨운 냄새를 풍기고 누이의 찢어진 가랑이에서도 지독한 냄새가 나오는 이 공간에서는, 좀

더 엽기적인 장면들이 기다리고 있다. 피 묻은 수건을 태우다가 손가락 두 개를 같이 태운 '나'의 배 속으로 고양이가 들어가버리고, 누이는 붉은 개구리들을 낳는다. '내'가 그 개구리들과 함께 베란다 너머로 낙하하는 마지막 장면은, 더 나아갈 데 없는 도시의 악몽을 마무리한다. 어쩌면 끔찍한 것은 도시에 번져 있는 죽음에 대한 징후가 아니라, '삶에 대한 악착같은 집착'과 월경과 임신으로 상징되는 동물적 몸의 본능일 것이다. 성장하지 않는 불구의 '내'가 '개구리'가 되는 것은 인간 진화의 신화 자체를 전복하는 상상력에 해당한다. 이러한 도시의 묵시록은, 도시 문명을 건설한 인간 진화의 역사를 거슬러 개구리와 고양이의 단계로 인간 존재를 되돌려놓는다.

「맨홀」의 공간 역시 도시의 일부에 자리한다. 부모가 방치한 아이들은 도시의 맨홀 속에서 숨어 살고 있다. 단속반이나 세금 징수원으로 상징되는 국가권력은 이 아이들의 적대자에 속한다. 어떤 미래도 없는 아이들은 쓰레기를 줍거나 지게꾼이 되거나 구걸을 하거나 범죄를 저지른다. 맨홀의 공간은 도시 뒷면의 소외되고 버려진 자리를 의미한다. 흥미로운 것은 이 소설에 나오는 과학관이다. 지난 세기의 전쟁으로 부서진 과학관은 전쟁의 잔해를 그대로 간직하고 있다. 방사능이 유출되었다는 소문이 있는 이 공간에서 '나'는 여자 친구인 'C'와 시간을 보낸다. 과학관은 근대적인 과학적 진리의 세계를 전시하는 곳이다. 근대 세계가 '과학'의 이름으로 건설된 것이라고 한다면, 파괴된 과학관은 그 세계의 폐허를 보여주는 이미지이다. 임신하여 배가 불러온 'C'와 '나'는 급기야 단속반에 잡히게 된다. 보호 센터를 탈출한 '내'가 다시 과학관의 화학실 앞에 갔을 때, 그곳에서는 엽기적인 상황이 벌어진다. 'C'는 박제되어 있고, 그녀의 아기는 표본병에 담겨져 있다. 그리고 과학자들이 해부하고 있는 정체 모를 동물은 다름 아닌 '나'의 몸이다. 이 소설에서 '맨홀'의 공간이 도시 아래에 숨겨진 버려진 아이들의 세계라면, 과학관의 세계는 근대과학의 악몽을 보여주는 장소이다. 반면, 도시에서 멀리 떨어진 '레밍'이 살고 있는 겨울의 땅, 'C'의 고향은 도시 문명의 저편에 위치한 원시적인 세계이다. 눈을 가리고 카드를 읽어내는 'C'의 초능력 역시 과학으로 설명되기 힘든 영역이다. "어느 순간 종족의 대부분이 북극해의 차가운 바닷속에 몸을 던져 죽는"(p. 71) 레밍의 행동 역시, 과학의 이름으로 밝히지 못하는 동물의 괴담에 속한다. 맨홀은 도시 문명이 감추고 있거나 설명할 수 없는 원초적이며 어두운 세계의 이미지를 그려낸다.

「마술 피리」에 나오는 실험실의 루루라는 쥐는 단백질 섭취를 제한당한 채 죽어간다. 단백질이 모자라 죽어가는 실험용 쥐 루루의 존재는 궁핍과 영양 결핍으로 시들어가는 '나'와 '나'의 동생 '미아'의 존재와 닮아 있다. '나'와 병든 '미아'는 오래전부터 단백질이 든 것을 먹지 못했다. 엄마는 고깃집 박 사장과의 연애 후 날마다 고기를 먹는다. 엄마는 나와 동생을 버릴 수도 있다. 인간 역시 동물과 마찬가지로 주어진 환경에 적응해야만 살아남을 수 있을 것이다. 그러나 분명한 것은 '단백질 결핍증'을 견디는 동물은 없다는 것. 미아를 등에 업고 도시의 밤거리에서 '내'가 부는 휘파람은 마치 '마술 피리'처럼 도시의 쥐들을 끌어모은다. 동화적 상상력을 전복시키는 이와 같은 장면에서 '나'와 쥐들의 행진은 "점점 솜털처럼 가벼워"(p. 231)지는 미아의 몸처럼 죽음의 시간을 향해 있다. 환경을 견디지 못하는 동물은 죽을 수밖에 없다는 측면에서, 도시는 실험실의 공간과 다르지 않으며, 인간은 실험용 쥐의 운명과 같다.

「누가 올 아메리칸 걸을 죽였나」의 주인공이 사는 세탁소는 일상적인 도시 공간의 일부이지만, 그곳의 가족 구성

원들은 서로에 대한 혐오와 증오로 가득 차 있다. 폭력을 일삼던 가장은 몸져누워 가족이 똥을 치워주거나 죽을 먹여주어야 하고, '여자-엄마'는 '나'에게 극악을 부린다. 세탁 배달을 하던 '나'는 사소한 시비 끝에 아파트의 여자를 폭행하게 되고, 여자 친구 은미는 '나'의 육체적 결함을 조롱한다. 소설은 '내'가 읽는 추리소설의 장면들과 교차편집되어 진행된다. 혼란과 파국은 피할 수 없는 일이 되고 '나'는 살인범으로 몰려 체포된다. '내'가 읽고 있던 탐정소설 속의 진짜 범인을 확인하지 못한 것처럼, 서로에 대한 혐오와 악의로 가득 찬 이 도시적 일상 공간에서 '나'의 탈출구는 없다.

「만국 박람회」에 등장하는 '박람회장'의 장소 역시 근대 과학이 만들어내는 상징적인 공간이다. "박람회에서는 새로운 시대와 미래에 대한 낙관과 희망을 전시한다고 했다." 그런데 '나'와 '삼촌'이 속한 세계는 이와는 정반대의 세계이다. "도살이나 싸움, 속임수로 돈벌이를 하는 삼촌과는 전혀 상관없는 전시"(p. 161)를 하는 곳이 박람회장이다. 박람회장은 과학의 진보를 선전하는 곳이지만, 소설 속의 주인공인 "내게 미래란 짐작할 수 없는, 알 바 아닌 시간이었다"(pp. 174~75). 도시가 물에 잠겨 수많은 수재민이 생기고 흉흉한 소문이 떠도는데, 정부는 박람회의 성공적인 개최를 통해 수해 때문에 신뢰를 잃은 국가기관의 위신을 회복하려 한다. '수해'라는 천재지변과 희망 없는 빈민들의 공간은 박람회의 세계 뒤편에 위치한다. 그러나 '나'는 박람회장 안에 "너덜해진 개의 가죽, 유효기간이 지난 구호품 봉지, 찢어진 만국기, 학교에서 훔쳐 온 비커와 알코올램프, 의약품 등을 내려놓았다. 그러자 기분이 나아졌다"(p. 175). 박람회장은 이미 그 안에 야만을 숨기고 있다. 흥미로운 것은 이 박람회의 개막을 축하하기 위해 열리는 마술사의 공연이다. '마술'이란 과학의 세계와는 반대편에 있는 속임수의 세계이다. 개막식에 열리는 유명 마술가의 호화로운 대규모 마술쇼와는 달리, 삼촌이 원숭이를 사라지게 하는 속임수는 궁벽한 것이다. 삼촌이 개막식에 준비한 불법적인 공연은 '나'와 굶주린 개와의 싸움이다. 개에게 물려 죽기 직전 '내' 앞에 검은 상자가 나타나고, 급기야 전시회장 전체가 미세한 입자로 사라져가는 엄청난 '마술'이 벌어진다. 그것은 마술이기보다는, 박람회로 상징되는 세계, 모더니티의 공간에 대한 종말의 이미지를 발산한다.

4. 웰컴 투 하드고어 원더랜드!

소설의 마지막 문장들은 더 나아갈 데 없는 엽기적인 판타지를 드러낸다. "그의 몸 위로 구더기들이 비처럼 쏟아져 내렸다. 그는 깜깜한 밤의 계곡에 매장되었다"(「시체들」, p. 261), "구더기들이 양털처럼 떼 지어 모여들었다. 여자는 거기에 가만히 몸을 뉘었다"(「문득」, p. 125), "나는 마디가 달라붙은 두 손을 펴고 나뭇가지처럼 가벼운 다리를 벌린 채 비강을 활짝 열었다. 죽은 새끼들이 썩은 몸을 일으켜 긴 소리로 울며 낙하하는 나를 마중하였다"(「아오이가든」, p. 66), "벽에 박혀 불타고 있는 C는 눈동자가 빠진 하얀 눈으로 내가 흘린 내장들을 무심히 내려다보고 있었다"(「맨홀」, p. 100) 등에서 소설의 끝은 바로 인간의 끝, 세계의 끝이다. 편혜영 소설의 마지막 판타지들은 시각적 충격 이상의, 세계관적 충격으로 다가온다. 악몽은 그렇게 완성되었다.

편혜영의 소설들은 하드고어Hardgore적 상상력으로 만들어낸 엽기적인 괴담의 세계이다. 그럼 다시 묻자. 괴담이란 무엇인가? 괴담이란 전통적인 서사 안에서 자연숭배나 외포심畏怖心, 초월적인 신비감을 낳는 기이한 이야기

278

의 영역이다. 그러나 이런 공포를 야기하는 비현실적인 서사는 낭만주의 이후 현대문학의 주류적인 문법 안에 자리 잡지 못한다. 리얼리즘 소설 미학의 인과적 규율로 설명되지 않는 비현실적인 세계는 퇴행적이며 중세적인 것으로 치부되기 때문이다. 과학의 발전과 리얼리즘 미학의 주류화가 나란히 진행되는 동안, 괴담의 세계는 하위 장르의 일부로서 대중적인 매체 속에서 재현될 뿐이었다. 편혜영 소설은 현대문학 제도 안에서 추방된 괴담의 상상력을 호출한다. 이것은 현대문학이 역사적 리얼리즘 혹은 일상적 리얼리티의 이름으로 배제한 세계에 대한 미학적 재발견을 의미한다. 괴담의 서사는 모더니티가 배제한 어두운 세계를 탐구하는 모험이면서, 동시에 미학적 모더니티의 한 극단적인 사례가 된다. 엽기와 괴담의 서사는 모더니티를 야유하면서, 새로운 미학적 모더니티를 탐색하는 기획에 해당한다. 이러한 미학적 재발견이 하드고어적인 묘사력을 통해 드러나고 있다는 사실 역시 주목을 요한다.

하드고어적 상상력이란 무엇인가? 영화 등의 대중적인 매체에서 절단된 사지나 내장 등을 노출하는 것을 일컫는 이 용어는, 이미 대중문화 미학의 중요한 일부로 자리 잡고 있다. 하드고어적 묘사는 모든 대상의 세부를 자세하게 묘사하는 것을 의미하는 것이 아니다. 편혜영의 묘사적 밀도는 시체의 세부적인 부분이나, 훼손되고 기형적인 인간과 동물의 몸 등 '부분'에 집중되어 있다. 서술자는 가장 추하고 불편한 대상에 대해 집중적인 묘사를 감행한다. 구더기가 득실거리며 썩어가는 몸에 대한 집요한 묘사는 그 구체적인 사례에 속할 것이다. 이런 시선을 '하드고어'적인 것이라고 한다면, 그것은 1980년대 이전의 리얼리즘 소설의 문법이나 1990년대 여성 소설에서 나타나는 일상의 세부에 대한 묘사와는 전혀 다른 층위의 것이다. 그것은 인간의 이성적 통찰력이 이 사회와 역사의 전모를 파악할 수 있다는 자부심이나 혹은 일상적 세부의 복원을 통해 개인 주체의 내면적 진실을 드러낼 수 있다는 생각과는 거리가 먼 미학적 지점이다.

편혜영 소설은 넓은 맥락에서 이미지가 서사의 중심 동력이 되는 소설로 보이지만, 그것은 오히려 시각의 쾌락 효과를 근본적으로 부정하는 세계이다. 끔찍하고 역겨운 대상에 대한 정교한 묘사는 단지 그것의 세부적 사실성을 드러내는 것이 아니다. 편혜영이 드러내는 세부는 일상적 현실의 공간에서 은폐된 어떤 지점이다. 자본주의 문명이란 구더기가 우글거리는 공간을 제거하고 은폐함으로써 세워진 세계이다. 역겨운 세부의 폭로를 통해 편혜영의 미학은 이 문명의 미끈함과 자연스러움을 충격적으로 벗겨낸다. 다른 방식으로 말한다면 그것은 주체화의 과정과 그 상징 질서 안에서 배제된 더럽고 역겨운 것들의 호출을 통해, 법과 언어의 상징적 세계로부터 탈주脫走의 틈을 만들어낸다.

편혜영 소설의 서술자는 작중인물의 정서적 개입을 배제할 뿐만 아니라, 인물에 대한 독자들의 동일시의 가능성과도 거리를 두는 냉혹하고 무표정한 태도를 취한다. 이 하드보일드한 문체의 효과는 무엇인가? 탈내면성의 문법을 통해 세계에 대한 인간 주체의 시선의 우월적 위치 자체를 무너뜨리는 것이다. 그것은 어떤 휴먼 스토리도 배제한 채로 인간이라는 존재를 시체의 일부로 되돌리게 한다. 가령 "다리는 가차 없이 썩어가는 것으로 자신의 죽음을 증명했다. 수분과 단백질, 핵산 등의 유기물이 모두 빠져나가면서 이미 삶과는 동떨어진 사물이 되었다. 그것은 그에게 인간의 몸이란 부패하기 쉬운 단백질 덩어리라는 사실을 각인시켜주었다"(「시체들」, p. 241)와 같은 문장을 보자. 편혜영 소설에서 인간은 "부패하기 쉬운 단백질 덩어리"에 불과하다. 그것은 '인간은 동물이 아니다'라는 낯

익은 명제를 거슬러 다시, '인간은 동물이며 더 나아가 부패하기 쉬운 단백질에 불과하다'라는 극단적인 명제로 되돌아간다.

이런 인간 존재를 둘러싼 원초적인 유물론에 대해 가령 이런 질문이 가능할 것이다. 편혜영 소설이 한국 소설의 가장 극단적인 상상력의 하나라는 것을 인정한다 하더라도, 그것이 저 범람하는 엽기의 대중문화들과 무엇이 다른가 하는 점이다. 도착과 엽기의 이미지들은 하드코어 Hardcore적인 포르노그래피의 이미지와 함께 자본을 등에 업는 대중문화의 복음의 일부가 아닌가? 그런 의미에서 엽기적인 장면의 제시, 그 자체가 이 시대에 대한 저항의 의미를 산출한다고 보기는 힘들 것이다. 그렇다면 하드고 어적 괴담의 미학은 어떻게 탈주의 예술이 될 수 있을까?

이론가들의 용어를 빌려 엽기적인 것들의 세부를 전시하고 대상화하는 하위 대중문화의 영역을 '억압적 탈승화'의 세계라고 부를 수 있다면, 편혜영의 소설 미학이 향하는 지점은 그것과는 조금 비껴 서 있다. 그것은 엽기적 대중문화의 시각적 쾌락 효과 혹은 도착의 기호학 너머의 세계이다. 편혜영은 시체를 시각적으로 대상화하는 데 머물지 않고 인간 존재 자체를 '시체 되기'의 국면으로 끌고 나간다. 이 '시체 되기' '동물 되기' '벌레 되기'의 상상력은, 인간 존재의 주체화 과정을 해체하고 다른 차원의 삶을 경험하게 만든다. 중요한 것은 시각적인 코드에서의 시체의 발견과 전시가 아니라, '시체 되기'를 통해 경험되는 '다른 삶'이다. 이런 맥락에서 편혜영의 소설 미학이 향하는 지점은 탈억압적인 미학적 탈승화의 지점이다.

그러면 독자들은? 왜 이렇게 불편한 소설을 견뎌야 하느냐고? 흥미로운 것은 편혜영의 괴담과 엽기적인 장면들 속에 숨쉬는 강렬한 매혹이다. 이 매혹은 인간 진화의 역사가 건설한 문명 전체를 악몽으로 되돌리는 불길한 전복적 상상력으로부터 나온다. 자명한 것처럼 보이는 삶은, 얼굴을 돌리고 싶은 극단적인 야만의 사건으로 드러난다. 만약 이 끔찍하고 혐오스러운 하드고어적 이미지들 속에서 기이한 아름다움을 발견할 수 있다면, 그것은 현대소설 미학의 낯선 차원을 만나는 두근거리는 모험이 될 것이다. 이는 근대 이후의 소설적 상상력의 어떤 '끝'에 해당한다. 이런 '끝'은 젊은 작가 편혜영에게는 하나의 눈부신 문학적 시작을 의미한다. 그리고 그것은 한국 소설의 특별한 '또 다른 시작'이기도 하다. 친애하는 독자 여러분, 웰컴 투 하드고어 원더랜드!

    종종 그녀를 본다. 그녀는 여전히 죽어 있다. 죽은 후에
도 삶은 계속되는 모양인지, 그녀의 얼굴은 부쩍 늙어 있
다. 살아 있을 때와 마찬가지로 그다지 평온해 보이지 않
는 얼굴이다. 평온해 보였다면 죽음이라는 게 대단해 보였
을지도 모른다.

    가끔은 나 역시 죽은 채로 그녀와 만난다. 살아 있는 나
의 꿈속에서, 이미 죽은 그녀와 아직 죽지 않은 내가 죽어
서 만난다는 것은 낯선 일이다. 그녀는 죽은 채로 지난 십
수 년간의 안부를 묻는다. 죽은 채로 죽은 나의 몸을 닦아
주기도 하고, 내 옷을 기워주기도 한다. 자신이 죽은 후의
가족에 대해서도 묻는다. 그녀가 죽지 않았더라도 가족 중
일부는 쓸쓸하게 밤길을 걷고, 일부는 헛헛하게 웃으며 살

앉을 거라고, 꿈속에서 죽은 내가 죽은 지 오래된 그녀를 위로한다. 그녀는 내 위로를 받으면서 여전히 죽은 채로 있고, 나는 꿈에서 깨어난다.

그녀는 내가 쓴 소설을 한 번도 보지 못했다. 소설을 봤다면 산 사람들의 얘기를 쓰지 그러느냐고 했을지도 모른다.

언젠가 한 노인이 내 이름을 풀어봐주셨다. 불과 나무가 너무 많아, 스스로 불타 없어질 이름이라면서 개명할 것을 권하셨다. 잠깐 다른 이름을 생각해보지 않은 것은 아니었다. 하지만 스스로 불타 없어질 이름이라는 말은 두고두고 마음에 들었다. 그 이름으로 그동안 쓴 소설들을 묶는다. 더디긴 했지만 계속 소설을 쓸 수 있어서 즐거웠다. 즐겁지 않았다면 쓰지 못했을 것이다. 노인의 말대로, 내 이름이 발화점이 되어 이 책에 실린 소설들이 불타 없어진대도 즐거웠던 마음은 남을 테니, 그것으로 됐다.

바쁘신 일정에도 기꺼이 해설을 써주신 이광호 선생님께 감사드린다. 날씨마저 습하고 궂어서 해설을 쓰는 일이 고되셨을 것이다. K선배는 소설 쓰는 일이 즐겁지 않을 때 든든한 기둥이 되어주었다. 어쩐지 빚을 많이 진 것 같은

데, 두고두고 갚을 일이다. Y선배는 국경을 넘어 만병통치약을 가져다주었다. 프랑스에서 돌아온 S 때문에 이번 계절은 덜 외롭겠다. 문학과지성사 여러분은 정말이지 꼼꼼하게 책을 읽어주셨다. 덕분에 책이 별 탈 없이 나올 수 있었다. 그리고 모든 소설의 첫번째 독자가 되어주는 내 가족, 그의 힘으로 즐겁게 썼다.

이 책을 읽는 당신들에게 드리는 감사는 말로 할 수 없을 정도이다.

2005년 여름
편혜영

『아오이가든』은 내게 가장 가까운 이름이자 가장 먼 이름이 된 소설이다.

소설을 쓰다 막막해지면 이 소설을 쓰던 때를 떠올렸다. 부러 멀어지기도 했지만 이제는 그럴 필요가 없다는 걸 안다. 다시 돌아갈 수가 없는 것이다.

지난 소설을 읽으면서 종종 한 시절을 잃은 듯한 상실감을 느낄 때가 있는데, 『아오이가든』을 읽을 때면 특히 그러했다. 이 책이 작가로서 나의 첫 책인 것을 여전히 행운으로 여기고 있다.

2023년 3월
편혜영